# David Grossmann

# Bunraku

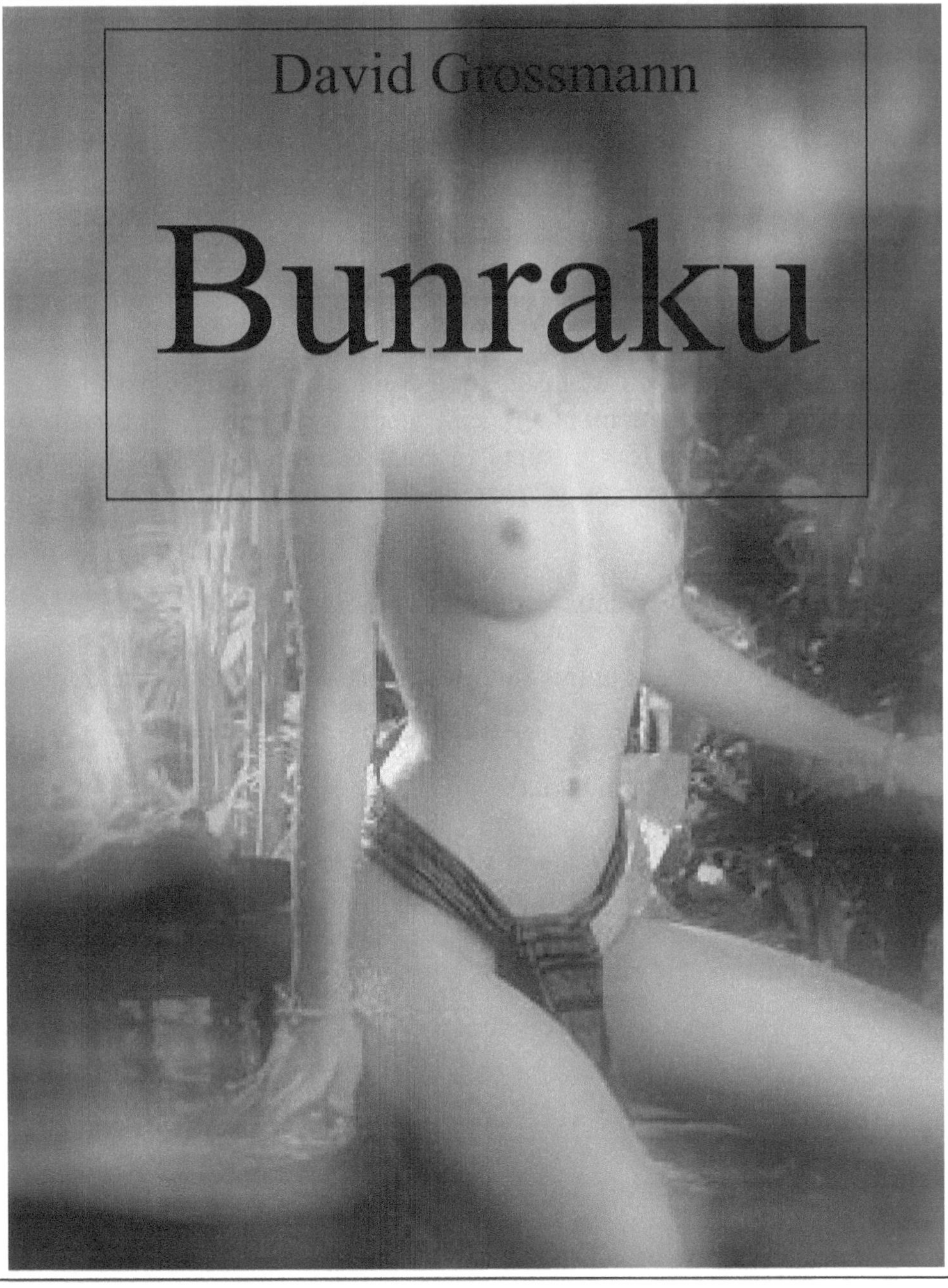

# 文 楽

Le bunraku est un théâtre de marionnettes de la tradition japonaise. Un récitant unique accompagné de joueurs de shamisen et de tambours tiens tous les rôles.

Les marionnettes sont réalistes, très colorées et animées par plusieurs manipulateurs simultanément. Ils sont visibles du public, en arrière des marionnettes mais se font discrets en étant entièrement vêtus de noir, le visage cagoulé à l'exception parfois de celui, plus expérimenté, qui dirige l'ensemble.

Bunraku s'écrit avec deux caractères chinois.

Le premier, parmi d'autres significations, peut vouloir dire *sommet*, *silhouette*, *complot*.

Le second désigne la musique.

Ainsi, le mot bunraku, quand il est écrit en caractères chinois, peut signifier la mise en partition, l'organisation à leur insu de personnages, les silhouettes, portées à des sommets qu'ils ne pourraient atteindre sans les manipulateurs de l'ombre qui les animent.

# I

# L'installation.

**Je** n'aime pas être en retard. C'est devenu une de ces mufleries du temps présent, on ne s'engage plus, ou vaguement. L'heure indiquée, pour un dîner, le début d'une réunion, un rendez-vous, le théâtre bientôt, semble ne plus l'être que comme une indication assez floue. La politesse des rois a bien disparu avec l'arrivée des nouvelles idoles, bêtes, incultes et mal dégrossies. Comme les mufles ont la parole, la muflerie devient la norme.

Comme je suis à l'heure, je parais en avance. Il n'est pas rare que je donne à ceux qui me reçoivent l'impression de déranger car tout le monde se conformant à la nouvelle coutume, on avance l'heure des rendez-vous pour que, compte tenu des retards, on commence à peu près à l'heure. Tout se passe comme si, arriver le dernier était un signe de supériorité sociale.

La galerie était donc vide d'invités quand nous sommes entrés, quelques jeunes gens en costume noir et chemise blanche attendaient derrière les tables au centre de la grande pièce et derrière un empilement de verres retournés qu'ils allaient bientôt remplir pour des gogos se voulant distingués et qui pourtant joueraient des coudes et des pieds pour boire et manger à l'œil. Des invités venaient pour être vus (et arriver en retard était un moyen de l'être), pour boire et reboire, sans s'intéresser beaucoup aux œuvres exposées, mais lâchant, en professionnels de la médisance quelques vilenies sur les auteurs, les modèles ou les autres convives ; en leur absence.

Il y a longtemps, à l'occasion d'un congrès à Budapest, avant la chute du Mur, un dîner avait été organisé à l'intérieur du musée et les salles étant restées ouvertes, il nous appartenait, sans gardiens, et j'avais pu aller librement de salle en salle, seul. Je n'ai pas le souvenir des œuvres que j'ai pu y voir, seulement celui de cette liberté unique de naviguer comme dans un voyage de toile en toile, d'objet en objet sans contrainte. Ils avaient alors un caractère familier que le musée leur ôte. Dans les musées, sous le contrôle de gardiens, dans la foule, on doit tenter de saisir de façon fugace l'esprit des œuvres, car, on a avec elles un contact éphémère comme sont les fleurs de cerisiers sauvages. A Budapest, le temps traînait, il n'y a avait pas d'urgence à passer de station en station, être seul avec les œuvres suffisait.

Là, il y avait bien le personnel, mais discret, regardant les zombies campagnards arrivés à l'heure indiquée sur le carton sans trop montrer d'amusement à se manque de savoir être mufle.

Alors, visant le mur de gauche, je m'approchais des cimaises pendant que Marie au centre de la pièce en mesurait du regard les aîtres. Une alternance très régulière de photos en noir et blanc, dans des cadres d'aluminium brossé et de sculptures métalliques sur piédestaux, tous de même hauteur courraient sur les trois murs, le quatrième, sur la rue était de verre. Dans le mur du fond, une communication avec une autre pièce était ouverte.

La première photo était celle d'un sexe féminin, ou plutôt d'une toison de jeune femme, à hauteur des yeux. Le nombril n'était pas visible, on ne voyait que le haut des cuisses et les hanches, un arrière plan trop flou pour en deviner la nature. La peau avait un aspect juvénile, les poils symétriques, ordonnés lisses et très noirs cachaient tout du sexe lui même. La première statue était un assemblage soudé de fins tuyaux de bronze qui me faisaient penser aux sanguines et aux aquarelles des châteaux rhénans de Victor Hugo.

La seconde photo était identique à la première, je me reculais pour voir que cette alternance de photos identiques et de sculptures différentes mais de même facture, occupait tout le long mur. Peut être au fond s'agissait-il d'une seule installation et non pas de l'exposition d'œuvres séparées. Je repris le carton, il y a avait bien deux noms distincts, Mark Saul, photographe et Bernhard Neumann, sculpteur. Je revins au milieu de la pièce, jetai un regard circulaire, puis vint rejoindre Marie qui avait commencé la visite par le mur de droite.

Même disposition, alternance des mêmes photos et de sculptures proches. Je commençais à trouver cela très banal, puis arrivant assez près de la dernière photo (si l'on compte que la première était celle que j'avais vue en premier, et qu'elles fussent ordonnées), je vis qu'elle différait assez sensiblement de la première. L'angle de vue était légèrement plus bas, l'appareil était peut être descendu d'une dizaine de centimètre, et si pour la première, l'objectif avait été placé en face du haut de la cuisse gauche et si les cuisses y étaient parallèles et fermées, sur la dernière elles étaient très légèrement ouvertes comme si le modèle avait été prit en marchant. L'objectif étant descendu, était passé sur la droite du modèle comme dans un mouvement d'évitement de torero.

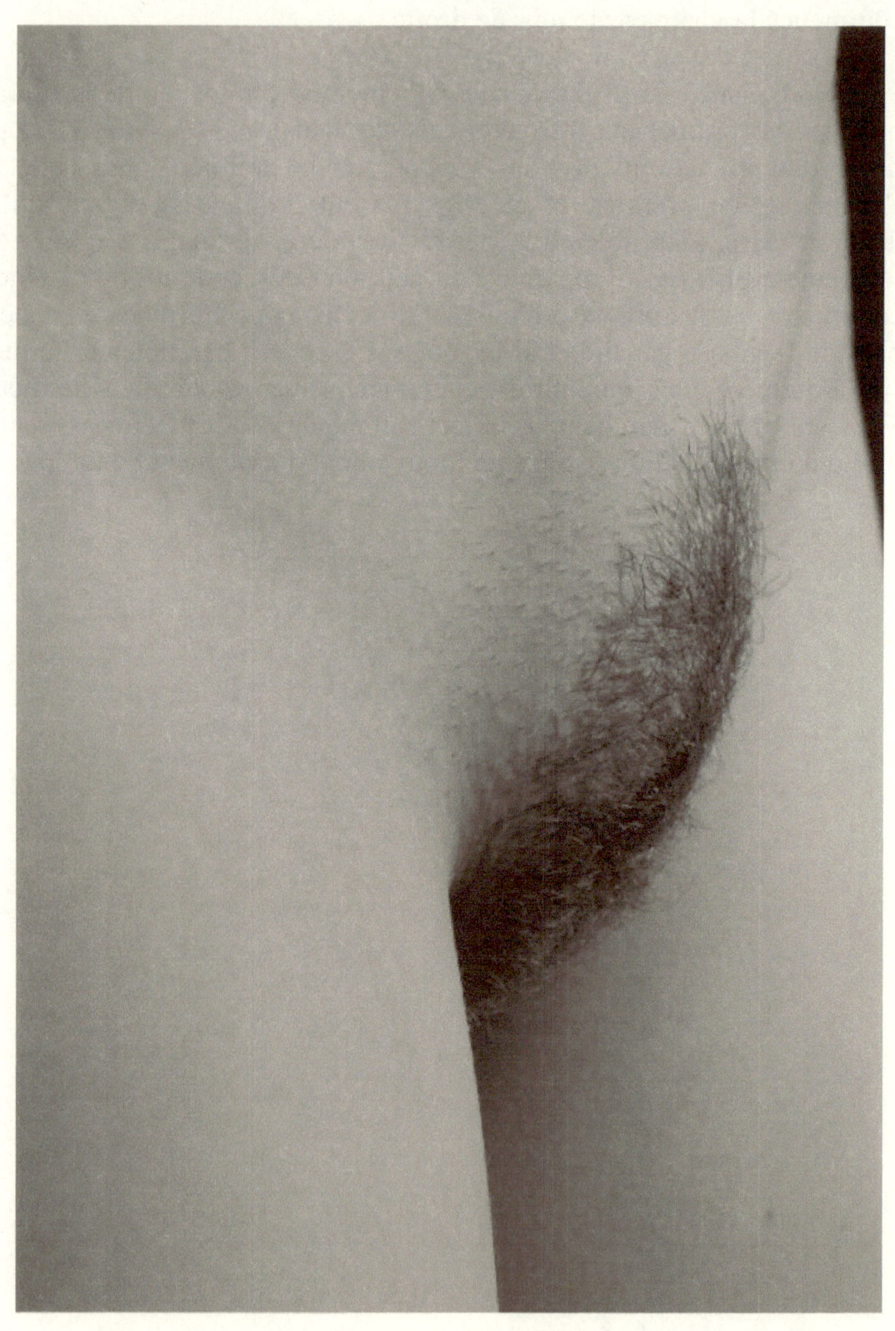

Je retournai alors à la première photo, restant à deux mètres du mur, et le longeant rapidement, mon regard passant d'une photo à l'autre ; le mouvement apparu. Une ou deux enjambées, pas plus, figées en une trentaine de vues. Chacune séparément avait peu d'intérêt, l'ensemble symbolisait le temps arrêté, le temps ralenti et je prenais cette installation comme un message connu : carpe diem.

Je m'approchai alors au hasard, de l'une, de l'autre. Les cuisses, la silhouette d'une fesse étaient bordé d'un fond flou, l'objectif avait du être placé assez près du modèle dans une pièce assez grande pour que le fond ne soit pas net. Pourtant, un détail clochait. Si le modèle marchait, ses bras auraient du battre le long du corps et au moins sur certaines photos, ils auraient du apparaître. De même la persistance du fond s'opposait à l'idée de mouvement. Je pensai alors que le modèle avait été installé sur un tapis roulant, un engin pour faire de la marche en appartement et qu'elle avait les bras levés, peut être autour du cou.

Marie m'avait rejoint. Elle avait regardé et touché les sculptures, très proches, elles aussi les unes des autres, par le ton – ocre – par les dimensions et l'esprit. Je lui dit ma découverte et la puissance que je ressentais de ce mouvement arrêté, des images générées par l'idée que je me faisais de la prise de vue, mon cerveau voyait une jeune femme, fluette sans doute, les mains croisées sur la nuque, marchant nue, seule sur un tapis roulant dans une pièce longue et sombre. Fantaisie.

Un jeune homme nous présenta du champagne sur un plateau et le verre à la main nous passâmes dans l'autre pièce. Elle était longue et assez étroite. Sur la longueur, des deux côtés étaient reproduis des trottoirs. Aux murs, grandeur nature, des photos de façades d'immeubles, peu de lumière, on pouvait se croire dans la rue si ce n'était que la chaussée n'avait pas deux mètres de large. Au centre, sur la chaussée donc, à la hauteur normale du bassin d'un homme debout, un poste de télévision était allumé et on voyait, en noir et blanc, le mouvement exact de la marche que les photos avaient arrêtée. Même modèle, même cadre, l'objectif était fixe, seul apparaissait ce mouvement de marche sans déplacement, à la vitesse normale de la marche. Symbole d'errance, de vanité. Marcher pour où ? Pour quoi ?

Au fond, derrière un petit bureau de bois, à côté d'une autre porte, un homme, assez petit, sorte de jeune Woody Halen sans lunettes, fit un signe de la tête, puis me montra, près de l'entrée, au mur, des écouteurs individuels. J'en pris un et je reçu les bruits d'une rue en mouvement, les pas des gens, les moteurs des voitures, des bribes de conversations, un mot de-ci de-là était perceptible, rien de pérenne, tout passait.

Au dos du poste de télévision, un second, l'écran tourné de l'autre côté montrait le côté pile, les fesses du modèle, jeunes, rondes, fermes, belles qui bougeaient avec la cadence de la marche.

Le casque qui diffusait le bruit de la rue m'isolait et j'étais assailli d'émotions diverses. Sensible à un message sur le temps perdu, l'importance du moment, la fuite du temps que symbolisait la marche arrêtée du modèle, le peu de valeur du cheminement des passants, le peu d'intérêt de leurs conversations, je n'étais pas moins sensible à l'érotisme de situation qui selon que l'on soit le modèle ou que l'on soit le voyeur, naissait de cette femme marchant nue au milieu de passants indifférents. Le modèle était aussi indifférent à son environnement. Adossé au mur, je restais songeur. Le casque sur les oreilles, je n'avais pas entendu l'arrivée d'un petit groupe et par courtoisie, je l'ôtais, il n'est pas convenable de s'isoler du monde avec des écouteurs.

« Il n'y a rien ici ! » fit une dame en tournant les talons. Mon regard croisa celui de « Woody Halen » et nous échangeâmes comme une connivence attristée.

Je me rapprochai de la table il en fit le tour.

« Mark Saul, photographe, merci d'être venu ».

Je me présentai à mon tour et je lui dis la compréhension que j'avais de son travail, le plaisir que j'en ressentais, la profondeur aussi. Des gens commençaient d'entrer, en groupes, les uns bruyants, ricanant, d'autres aux allures profondes.

Mark décrocha le récepteur d'un téléphone.

« Il faudrait que tu viennes, il y a du monde… »

Quelques instants après, la porte près de la table s'ouvrit et apparu un autre jeune homme, assez grand, blond, souriant.

« Voici Bernhard, le sculpteur »

Je me présentai de nouveau, présentai Marie qui m'avait rejointe. Bernhard et elle parlèrent des sculptures, je les avais à peine regardées.

Mark Saul et Bernhard étaient maintenant entourés d'admirateurs et de mondains, ils furent bientôt entraînés dans la première pièce où des applaudissements les accueillirent. Il y avait du monde, je ne connaissais personne. Marie avait reprit du champagne.

Je revins aux photos, je n'avais guère de doute, c'était le même modèle qui avait posé pour elles et pour la vidéo, les hanches légèrement saillantes, le ventre légèrement concave. L'ensemble, avec le sens que l'on pouvait y trouver, ceux qu'il fallait encore découvrir faisait une forte unité et je ressentais un mouvement de sympathie (au sens propre d'éprouver les mêmes sentiments, de souffrir avec) pour les deux artistes.

C'est Marie qui avait reçu l'invitation et pourtant, comme moi elle ne connaissait personne. Nous pensions partir et nous dirigions vers la porte quand Saul m'interpella.

« Professeur, ne partez pas déjà, je veux vous présenter quelqu'un »

Marchant vers moi, le bras tendu comme pour attraper mon bras et m'empêcher de me sauver, en deux enjambées, Mark me prit par le coude, me tira un peu vers le coin opposé de la pièce. Un homme était assis dans un fauteuil roulant, je ne le voyais guère, derrière lui, pour le pousser, une jeune femme, en tailleur gris.

« Sam, je vous présente David Grossmann qui semble comprendre une partie du travail. David, voici Samuel. K. et son épouse, Lilly. »

Je ne connaissais Samuel K. que de réputation, comme tout le monde, un des trois ou quatre intellectuels du siècle, ses travaux de physique théorique sur les supercordes n'étaient compris que de quelques dizaines de personnes dans le monde, dont je ne faisais pas partie, ses écrits philosophiques l'avaient rendu riche et populaire mais toujours mystérieux. Nous n'étions pas de la même université, je ne l'avais encore jamais croisé, je connaissais son visage par les quatrièmes de couverture de ses ouvrages et je ne le reconnu pas. Sa personne restait peu connue des médias, je n'imaginais pas qu'il pût être infirme. Son visage était extraordinaire, le teint un peu olivâtre, crâne très dégarni, de longs cheveux ficelle y vivaient une vie autonome, loin des peignes. Blue-jean, pull rouge un peu décalé dans une assistance soucieuse d'apparence.

J'étais ému de rencontrer cet homme comme je l'aurais été en rencontrant de Vinci, Archimède ou Einstein et je bafouillais un compliment.

« Vous êtes français ! » me répondit-il en français comme s'il n'avait pas entendu les compliments. Quand je bafouille, j'ai un peu d'accent et j'aime bien alors qu'on me prenne pour un canadien. C'était un peu vexant de voir que l'on parle moins bien qu'on ne croit, mais *dura vita, sed vita.*

Lui parler de ses travaux… Je n'y comprenais pas grand chose, j'étais face à la statue du Commandeur, mais je n'étais pas Don Juan. Heureusement, c'est de l'installation dont il me parla, et comme les gens intelligents, il ne tourna pas en dérision mes pauvres interprétations.

« Oui, vous avez raison, c'est le temps le plus grand mystère, on le savait déjà avant Einstein, ce n'est pas un invariant, vous connaissez la théorie des supercordes n'est-ce pas ? (il n'attendait pas de réponse) et bien pour chacun, au moins pour ceux qui pensent, le temps a des accélérations, des lenteurs, on le subit. Dix secondes quand on a le doigt coincé dans une porte c'est assez long, mais dix minutes face à *La Ronde de Nuit* c'est assez court… Voici ma femme, Lilly.»

Mufle que je suis, je n'avais pas salué pas même regardé la jeune femme qui se tenait derrière lui. Elle me tendit la main et salua en Anglais. Jeune, certainement Chinoise, visage d'une régularité de porcelaine, fines lunettes ovales, cheveux noirs aux épaules, collier de perles blanches, très chic, très *Klass*, comment imaginer un tel couple ? Elle me tendit la main, sans sourire. Hostile ou impénétrable ? Je me sentais tout à fait idiot. A mon tour, je présentai Marie. Samuel K. fit une remarque en yiddish, je compris qu'il s'agissait de Marie mais ne put en saisir le sens exact. Mes parents avaient fait du français notre langue en quittant la Russie. Il se tourna alors vers Saul et lui demanda en Russe s'il voyait un inconvénient à ce que Marie et moi fussions conviés « au dîner ». Cet homme n'avait pas à faire étalage de ses connaissances, il voulait donc ne pas être compris ni de Marie ni de son épouse.

« C'est chez vous Sam, mais j'en serais très heureux. »

« Alors c'est dit, venez chez moi demain, 20h00 précises. A demain.»
Samuel K. dit un mot en mandarin à sa femme qui poussa le fauteuil vers la seconde pièce. Saul chercha dans sa poche, en sorti un carton avec l'adresse des K. près de Skillman, dans le New Jersey, tout près de l'université de Princeton.
« Soyez bien à l'heure, Sam a un rapport au temps assez particulier ».

Nous n'avions plus rien à faire j'allais reprendre une flûte, cette rencontre valait d'être honorée et nous rentrâmes.

# II
# Chez Sam.

Le lendemain, j'avais pris mes précautions pour être à l'heure. Parti très en avance,  j'avais tourné un peu avant de trouver la maison de style Nouvelle-Angleterre, dans un parc boisé et calme. Je ne voulais pas me présenter en avance et nous dûmes attendre un moment dans la voiture. La maison était isolée, à deux kilomètres de Skillman à droite sur la route de Blawenburg. Nous parlions de Sam et de la fascination que pouvait exercer l'intelligence.

A 19h58 nous entrâmes dans le parc pour sonner à 20h00 pile. Une femme, javanaise ou balinaise vînt ouvrir. On nous conduisît  au salon, Sam parlait avec Saul, Lilly avec Bernhard, elle riait quand nous entrâmes, bien différente de la femme distance d'hier, elle s'avança la main tendue, embrassa Marie sur une joue.

« Vous êtes à l'heure, c'est un bon point » dit Sam.

Je me sentais là comme un éléphant dans un magasin de porcelaine, d'autant que le visage de Lilly en avait la perfection. Lilly nous porta une flûte à chacun et nous invita à nous rapprocher de la cheminée. Sur le manteau, une grande photo, sans doute de Saul, en noir et blanc, montrait un buste de femme, les épaules et les seins nus (mais quels seins ! D'une statue ! On aurait dit Galatée. Larges, très symétriques avec des aréoles en poire), coupé à mi-torse. Le visage était couvert d'un masque noir comme en portent les marionnettistes de bunraku, les yeux n'étaient pas visibles, restés dans l'ombre. La beauté fascine, celle là était à la hauteur des meilleures émotions.

« L'heure est une convention sociale, imaginez ce que serait la vie si à la question *quelle heure est-il ?,* on répondait par le temps qu'il reste à vivre ? On ferait sans doute plus attention à sa vie, on ne la perdrait pas en divertissements et en paresse. Mais qu'en ferait-on ? Produire plus ? Se gaver ? Voler, violer, tuer ? Vous voyez, il ne faut pas demander à quiconque ce qu'il ferait s'il n'avait plus que quelques heures ou quelques jours à vivre, beaucoup iraient assassiner leur voisin, leur conjoint et violer la voisine ! Moi, j'essaye  de vivre consciemment, je veux dire en ayant conscience de vivre le temps qu'il me reste, qui est sans doute assez court, mais peut être plus long que le vôtre David, ou vous, Mark, vous Bern, Pierre Curie a été tué par un autobus, deux secondes avant il allait très bien… »

Le dîner était chinois, servit pas la femme qui nous avait ouvert, du Pomerol l'accompagnait.

On parlait de l'exposition, des réactions des visiteurs. Les photos de la première pièce se vendaient à l'unité, je trouvais dommage de perdre le message du temps arrêté, au moins ralenti par l'ensemble, mais Mark dit que le message avait été dit par l'exposition et que ceux qui ne l'avaient pas vu ne souffriraient pas de sa dissolution, pour les autres, le message était passé.

« C'est *La Parole Perdue* des anciens mystères » dit Sam sérieusement. « Pourquoi vouloir la pérennité des messages ? Voyez, la tradition orale à cela de bon que si les mots sont dits une fois, évanescents, alors il faut s'attacher à la compréhension de leur sens. C'est ce sens de l'éphémère que j'aime dans la tradition japonaise des fleurs de cerisiers sauvages. Essayer, David, vous aussi Marie, de vivre avec intensité l'instant… Vous vous êtes demandés comment les photos de l'exposition avaient été faites, cela vous intéresserait-il de voir une vidéo faites pendant les séances ? Voir le temps réel et le temps arrêté ? Saul, vous acceptez de révéler vos secrets ?»

Ce n'était pas une question, il apparaissait qu'on avait été convié pour cela. Lilly se leva, poussa le fauteuil roulant par une porte différente de celle par laquelle nous étions entrés, nous la suivîmes dans un grand couloir puis dans une pièce aménagée en petit théâtre, une douzaine de fauteuils en gradins, très larges et profonds, une estrade et deux marches pour y accéder, au fond un écran. On s'installa et le noir se fit.

Sam était au premier plan, dans son fauteuil à roulettes, sans confort, Lilly à son côté, Bernhard assis au premier rang, Marie, Saul et moi au second. Le noir. Sur l'écran, on voyait Saul de dos, courbé pour regarder dans son objectif, l'appareil était sur un pied, plus loin, un tapis roulant de salon était éclairé assez vivement. Il n'avait pas, comme dans ceux du commerce de poignées pour se tenir, et avait du être conçu spécialement. Venant de la gauche, nue mais couverte du même masque de Bunraku que sur la photo de la cheminée, apparu le modèle, de profil donc, beauté parfaite, que dire d'autre ?… Les mots sont pauvres pour désigner la perfection des lignes, des volumes, la finesse, l'élégance de cette jeune femme. Elle monta sur le tapis et commença à marcher. Saul se déplaçait cherchant le meilleur angle.

« Relève les bras … non, mets tes mains autour du cou … oui comme ça… c'est parfait… »

Et alors que le modèle marchait assez lentement, le photographe, d'assez près, faisait, en se déplaçant, les photos qui allaient devenir l'exposition. Cela dura une minute ou deux, puis sans que la femme ne quitte le tapis roulant, Saul installa sur son pied une caméra face au modèle, la prise dura cinq à six minutes. Cela paraissait long et pourtant, la femme était si belle que chaque instant du spectacle avait un prix inestimable. Je pensais à ce que Sam avait dit quelques minutes plus tôt : « vivre l'instant avec intensité… »

Saul avait disparu de l'écran, mais on entendait sa voix sans la comprendre, il parlait avec quelqu'un présent dans la pièce et qu'on ne voyait pas. Il réapparu, pris la caméra et vint la placer derrière le modèle. Il ajusta des éclairages et elle apparu en contre jour, une ombre. Les seins fermes bougeaient à la cadence de la marche.

« Tu as fait le buste Mark ? »

« Oui, au début »

« On peut en faire quelques unes sans le masque alors ? »

« En vidéo si tu veux, pour la photo, le tapis ferait trop artificiel »

« Enlève le masque ma chérie »

Le modèle défit un nœud sur son cou et jeta le masque à terre, mais à cause de l'éclairage, on ne voyait pas son visage. Quelques minutes passèrent encore puis de nouveau la voix de Saul.

« C'est bon pour celle-là, on va faire quelques vue entières »

Saul reprit la caméra, enleva le pied du champ, disparu et la lumière revint. Mon cœur se mit à battre en tam-tam en reconnaissant Lilly dans le modèle. Elle avait toujours les mains autour du cou, le regard au loin, droite et altière, indifférente. La caméra à l'épaule, Saul demanda à Lilly de laisser tomber ses bras puis de les laisser battre le long du corps. Il tourna autour d'elle. Il lui demanda ensuite de croiser ses mains dans son dos et continua de filmer. Le regard absorbé par la contemplation de la perfection corporelle de Lilly, je n'avais pas vu que sur la gauche de l'écran, une partie du fauteuil de Sam était maintenant visible et je commençais à me demander dans quel jeu pervers nous étions tombés.

« Je crois que c'est bon, tu peux arrêter »

Lilly descendit du tapis et alla vers le fauteuil, elle embrassa Sam sur une joue et disparu de l'écran. Elle revint enveloppée d'un kimono de nuit soyeux et flottant.

« On aura les photos demain, mais on peut regarder la vidéo tout de suite si vous voulez. »

Et là s'arrêta le film.

La lumière revint dans la pièce, je n'osais regarder la nuque de Lilly qui était devant moi. Sa main était posée sur le bras de son mari. Saul, sans émotion apparente me demanda si j'étais satisfait de mes déductions, mais ne fit aucune allusion à la surprise qu'aurait du provoquer la découverte de l'identité du modèle. Je n'imaginais pas qu'un homme comme Samuel K. put accepter d'exhiber sa femme, un si grand intellectuel, marié à un simple modèle, peut être une actrice…

« Je crois savoir ce que vous pensez David » me dit Sam en français, sans doute pour que Lilly ne le comprenne pas, « mais ne jugez pas trop vite, ne me jugez pas du tout. Nous parlerons un jour, si vous le voulez. Nous allons faire quelques photos ce soir, accepteriez vous d'assister ? »

*Accepter d'assister* ? Etait-ce une faute de français ? Il me demandait si                           « j'acceptais » de voir sa femme nue, comme si moi je lui rendais service…

C'est Marie qui répondit favorablement, venant à mon secours, oui, j'aurais tout fait pour en voir plus, mais si Sam s'était mépris dans son invitation, quelle grossièreté…

Sam n'attendait pas de réponse, notre acceptation allait de soi.

« Tout est prêt à côté Mark ? »

« C'est prêt. »

« Allons-y. »

On quitta la pièce, Lilly toujours poussant son mari, on reprit le long couloir et tout au fond on entra dans une grande pièce rectangulaire, sur un mur, des fonds de couleurs déroulants, dans un coin, sur une table, du matériel de photo, des projecteurs. Sur un autre mur, une barre d'exercice, un paravent laqué. Des fauteuils encore, mais rustiques et moins confortables que dans la pièce précédente. Sam dans son fauteuil restait au centre, Marie, Bernhard et moi prîmes place dans les fauteuils. Sam et Saul parlaient à voix basse, Lilly étaient passée derrière le paravent, on voyait sa tête, elle déposa son kimono et sa culotte sur le paravent et sortie nue, alla vers Saul et son mari. Lilly s'accroupie près de lui et lui tenant la main, hochait de la tête.

« Bern, j'aurais besoin d'un coup de main » dit Saul

Et Bernhard se leva, suivre Saul derrière nous.

« On va faire ça derrière » nous dit-il,

Je me levais, aidais Marie à tourner son fauteuil, nous nous rassîmes, moi tout près de Sam.

Au mur il y avait une paire d'anneaux de fer, plus loin des barres fixes et près du coin droit, deux poteaux de bois scellés dans le sol et le plafond. Lilly alla s'adosser à l'un des poteaux verticaux et Bernhard lui noua les poignets derrière le dos. Saul photographiait, guidant Lilly de la voix, lui faisant tourner la tête, fermer les yeux, modifier son visage. Sur un signe à Bernhard, celui-ci alla dénouer les poignets pour les attacher de nouveau sur le poteau, mais très haut de sorte que Lilly avait les bras tirés vers le haut. Saul s'activa encore, puis il demanda à Lilly de glisser le long du poteau jusqu'à s'asseoir, et comme elle n'y arrivait pas Bernhard dû desserrer le lien puis le retendre quand elle fut assise, en tailleur, genoux écartés, son sexe offert aux regards.

Tous les sexes de femmes ne sont pas identiques, pour ceux des hommes, je ne suis pas compétent, d'où j'étais je ne le voyais pas bien, je voyais simplement que les poils du pubis n'allaient pas plus bas, que ses lèvres qui étaient rasées ou glabres. Des photos encore. Sam dit quelques mots à Saul qui alla détacher Lilly. Il alla ensuite au mur opposé et dénouant une corde, fit descendre du plafond un anneau. Lilly vint se placer sous l'anneau, Saul noua la cordelette qui venait de servir autour d'un poignet de Lilly, la passa dans l'anneau, puis noua l'autre poignet. Il alla tendre la corde. Lilly étaient face à nous. Vraiment nue, les jambes légèrement écartées, pieds solidement posés au sol, les bras tirés vers le haut, les seins un peu remontés. Elle avait retiré ses lunettes, son visage avait quelque chose de sauvage, la beauté d'un félin, la fine élégance d'une gazelle.

« J'aime beaucoup comme ça… » dit Sam

Saul continua ses prises. Puis il décida de changer. Il demanda de l'aide à Bernhard et tirant sur la corde, ils suspendirent Lilly à un demi-mètre de hauteur, elle laissa tomber sa tête en arrière, comme morte. Saul prit des photos, puis installant la caméra, fit tourner Lilly sur elle même. Ses pieds dirigés vers le sol, elle se livrait toute entière. Y trouvait-elle du plaisir ?, faisait-elle cela par intérêt ?, c'était assez troublant. Marie qui est prude, tenait mon bras, je craignais qu'elle ne partît brusquement rompant le charme. On descendit Lilly, la détacha. Saul avait préparé une autre scène. Il fit mettre à Lilly le masque noir de bunraku et noua autour de ses reins un vague chiffon noir tellement déchiré qu'il ne cachait que fort peu de choses. Il la replaça dans l'anneau, fit quelques photos les pieds au sol et la rependit. Ensuite, avec le même costume, il lui attacha les mains aux anneaux du mur, les bras en croix, changeant la position de ses jambes aux demandes du photographe.

La séance durait depuis plus d'une heure, je me croyais hors du temps ; il n'est pas commun de vivre de tels spectacles où, au plaisir intrinsèque de la contemplation à satiété de la beauté, s'ajoute l'impression d'exception, au delà des mœurs et des conventions de politesse et de morale.

« Une dernière chose peut être Sam, mais il faudrait aller dans le salon »

« Lilly, ma chérie, tu n'es pas fatiguée, on peut continuer ? »

On alla donc tous dans le salon où nous avions été reçus en premier, le feu dans la cheminée avait diminué d'intensité, le lustre du plafond était éteint et la pièce n'était éclairée que des lampes posées sur les meubles. On s'installa, Saul fit asseoir Lilly sur la table basse thaï en bois de teck, noua avec un grosse corde son poignet droit à la cheville droite, et le poignet gauche sur la cheville gauche, il lui fit redresser le buste, elle avait donc les genoux relevés et ouverts. Il lui ébouriffa les cheveux, lui remis ses fines lunettes ovales et tournant autour d'elle, photographia encore. Gardant un genou levé, Saul lui fit abaisser l'autre, elle gardait le regard levé.

Ni Saul ni Bernhard ne montrait de signes de trouble, litote pour dire qu'ils ne montraient pas leur furieuse envie de baiser, alors que mon érection devenait douloureuse et que j'avais du mal à me contrôler. Sam me paraissait lui aussi excité, le teint plus rouge, plus nerveux dans ses gestes.

Il mit fin à la séance, Saul dénoua les liens de Lilly, elle sortie et revint drapée du kimono de nuit, alla à la chaise roulante et reparti avec son mari qui nous salua vaguement sans nous chasser.

Restés sans nos hôtes, Bernhard faisait tourner l'Armagnac dans son verre, Saul, visiblement heureux de ses prises de vues commentait déjà les tirages qu'il allait en faire le lendemain, moi, ne sachant pas s'il était attendu que nous restions, et pressé de rentrer, je n'avais pas l'intention d'engager une conversation. C'est Marie qui interrogea Saul. On apprit qu'ils avaient commencé à faire des photos deux ans auparavant et que depuis quelques mois, comme l'état de santé de Sam se dégradait, elles devenaient plus fréquentes, parfois un peu plus *hard* et que depuis quelque temps, Sam conviait des gens, des amis, parfois même des gens de passage choisis au hasard d'une rencontre, comme nous ce soir. Sam souffrait d'une myopathie qui le privait peu à peu de l'usage des ses muscles, il ne marchait plus depuis un an et commençait à perdre l'usage du bras gauche. Il n'y avait pas de remède connu et la mort était programmée à brève échéance, moins de deux ans sans doute.

Je comprenais mieux ce souci du temps qui passe et de l'urgence. On apprit encore que Lilly et Sam étaient mariés depuis six ans (mais quel âge avait-elle donc, son corps paraissait avoir seize ans...), qu'elle était venue à Princeton pour terminer son doctorat dans le laboratoire de Sam (mais quel âge avait-elle donc ? Pas une ride, pas une marque du temps sur ce visage parfait ...). L'exposition n'était pas la première et seuls quelques initiés savaient qui était le modèle. Ce n'était pas important de savoir qui posait nue pour un photographe, tout le monde le fait, mais savoir que l'épouse d'un professeur renommé de Princeton, chercheur elle même le faisait aurait alimenté les jacasseries scandaleuses.

Comme il approchait minuit et que nous avions un peu de route à faire, nous prîmes congé pour digérer l'irruption dans notre intimité des ces images et de ces émotions.

# III

# Des photos et un film.

Une semaine plus tard, en rentrant à pied à la maison, inconsciemment, mais peut on en être sûr ?..., je passai devant la galerie et y entrai. La disposition avait changé, les sculptures étaient rassemblées au centre de la pièce, aux cimaises des photos encadrées dans les mêmes cadres d'aluminium, mais la plupart étaient nouvelles. Elles venaient presque toutes de la séance de prise de vues à laquelle nous avions assistée. Une douzaine montrait Lilly, couverte du masque noir, pendue par les bras. L'absence de couleurs mettait de la distance avec la réalité que j'avais connue. Témoin de la pose, j'avais été gêné de l'exposition publique de l'intimité de cette femme, de ce couple, mais là, hors contexte, rien ne subsistait du malaise, tout paraissait normal, simplement beau. Sur une des photos prise quand Lilly était assise, liée au poteau, les bras tirés vers le haut, le sexe était bien visible, un trait droit et fin sous la toison soignée. Le menton et la bouche étaient visibles, mais pas le visage, impossible de reconnaître le modèle. Je me sentais dans la confidence, je savais qui c'était et je savais qu'au delà de l'art, du commerce, d'autres enjeux étaient là. J'avais été initié.

Bernhard était dans la seconde pièce, il vint vers moi. L'installation avait changé également, la première avait été vendue et démontée. Elle était remplacée par l'image de Lilly, pendue par les mains et tournant sur elle même, image projetée sur les murs, mouvante. Il n'y avait pas de clients à cette heure et la galerie pouvait être confiée à la jeune personne qui m'avait accueillie. Bernhard me proposa de rejoindre Saul et il me conduisit, par la petite porte dans la seconde pièce, à l'étage supérieur où était un appartement. Sur une très grande table, Saul avait étalé des photos de Lilly et j'y retrouvai les scènes de la réalité, mais comme en bas, magnifiée par la qualité des tirages, par l'art du photographe.

Lors de la prise de vue, j'étais resté à quelques mètres du modèle, et là, j'en étais tout proche, des agrandissements du ventre, avec les ombres travaillées montraient un nombril qui n'avait pas attiré mon regard. Sur d'autres vues, c'est le sexe qui se révélait. J'avais constaté qu'en bas, le visage de Lilly n'était jamais visible, alors qu'ici il y avait des dizaines de vues où elle était entière. Empilées, il y avait la série réalisée sur la table thaïlandaise où Lilly avait les poignets liés aux chevilles, cheveux ébouriffés, tête penchée, sexe offert aux regards, regard rêveur. Je les regardais tour à tour, frappé encore par la beauté de la photo, la qualité du tirage que seule la beauté du modèle ne pouvait expliquer.

« Vous pouvez en prendre si vous voulez, celles-ci ne seront pas exposées et je pense que Sam serait heureux de les savoir chez vous. »

Je n'osai dire non et je fis mon marché, trois photos en format A$_3$ prises sur la table, Lilly assise, de face. Mark Saul ajouta une vue de Lilly suspendue, de dos, les mains accrochée à l'anneau. Deux fossettes au dessus des fesses étaient mises en valeur par l'ombre de l'éclairage. Saul mit les quatre photos dans un carton à dessin et me proposa de m'en montrer d'autres. Il fit de la place sur la table et sorti d'un placard des boîtes de tirages de format A$_4$. Il y avait des centaines de photos, toutes de Lilly, en noir et blanc, d'autres en couleur et je ne souhaitais pas, en quelques instants les voir toutes. Comme j'aime rester longtemps devant les œuvres des musées, je ne souhaitais pas gâcher le plaisir de la découverte. Je sorti les photos de la première boîte, des portraits en couleur, Lilly maquillée avec goût, chemisier blanc boutonné sur le cou, sourire, lunettes ovales, perles aux oreilles, une enfant… Il y en avait une douzaine, puis on passa, dans la même boîte à des vues en noir et blanc. Sur la première, Lilly était assise sur un cheval d'arçon de petite taille, vêtue du seul chemisier, les pieds et les mains attachés entre eux sous le cheval, prise de trois quart arrière, on voyait bien son visage, yeux fermés, les fesses à la limite du cheval, presque dans le vide. La suivante était prise de derrière, on ne voyait plus le visage, mais le sexe et l'anus, je me souvins que Saul m'avait dit *qu'il en avait de plus hard*, et le rythme de mon cœur s'accéléra. La troisième était de profil, Lilly n'avait pas bougé, son visage était tourné de l'autre côté. La quatrième était identique sauf qu'apparaissaient trois personnages, trois hommes se tenant derrière Lilly. Un vieillard lui regardait les fesses, le regard chargé d'envie et de souvenirs, les deux autres se regardaient, l'un était Bernhard, l'autre, lui faisant face, un Noir de même taille. Ils n'avaient pas un regard pour le modèle, je ne comprenais pas le sens de cette composition, mais c'était la première fois que Lilly était photographiée avec d'autres personnages et la force érotique me touchait profondément. Sur la suivante, Lilly était assise à califourchon, de face, les mains posées en arrière sur le cheval, jambes pendantes. Elle regardait, sur sa gauche, donc à droite sur la photo, Bernhard et l'homme noir, nus qui s'embrassaient. Sur la suivante, Lilly était dans la même position, elle regardait encore sur sa gauche, l'homme noir était seul, il lui tournait le dos et il était en érection. Je commençais d'y voir une allégorie de la misère sexuelle, du sexe impossible et du désir qui n'est pas partagé. Les suivantes étaient des études sur le même sujet.

Comme je devais partir, Mark me donna une autre boîte « à découvrir en toute tranquillité » et je partis avec mes trésors. Sur le chemin, je déposai les quatre grands tirages chez l'encadreur, demandant des cadres d'aluminium brossé comme ceux de l'exposition. Arrivé à la maison, je m'installai confortablement. Nina Simone chantait *I love you Porgy*, *The gal from Joe's*, un fond qui allait bien avec mes sentiments. J'ouvris la boîte avec respect.

Sur la première, Lilly était de face, visage et épaules nues, lunettes ovales, elle regardait l'objectif bien en face, l'esquisse d'un sourire mettait de la lumière dans son visage qui était encadré par ses mains qui tenaient chacune un sexe d'homme tendu. Sur les suivantes, seule la position du visage changeait, regardant à droite, à gauche, vers les visages des hommes qu'on ne voyait pas.

Puis il y en avait d'autres. Un homme debout, nu, muscles dessinés par la lumière rasante, Lilly contre son dos, l'entourant de ses bras. Sa tête arrivait aux omoplates de l'homme qui était donc très grand. Sur la suivante, le couple n'avait pas changé mais le deuxième homme était derrière Lilly et lui tenait la taille, sur la troisième, il s'était collé à la femme et on pouvait tout imaginer. Toujours à la recherche de sens, je pensais que cette photo représentait encore le désir contrarié, L aime X,

Y aime L mais L n'aime pas Y. Sur la suivante, le premier homme était couché par terre, Lilly sur lui, genoux pliés, mimant l'accouplement – ou le faisant ?... – mais elle ne regardait pas l'homme sur lequel elle était, elle regardait l'autre, qui lui tournait le dos. Bouleversé comme on l'imagine, je cherchais fébrilement d'autres sujets et l'une des dernières photos leva les doutes de tout à l'heure (le fait-elle réellement ?...) Lilly, de face, assise sur l'homme mais lui tournant le dos, les mains au sol le buste un peu en arrière était empalée. Le sexe de l'homme la pénétrait tout à fait. Les jambes de Lilly étaient repliées sous ses cuisses, les genoux très écartés. Pourtant, elle avait toujours ce visage indifférent de vierge inaccessible, mais elle n'était pas vierge. Il y en avait plusieurs de cette série, Saul avait mitraillé la scène : Lilly, le sexe de l'homme en main se l'introduisant, puis une fois installée, ses mouvements avaient été arrêtés par l'image fixe, appuyée sur les genoux de l'homme, sur ses cuisses, essayant de lui toucher les pieds.

Rien ne le montrait, mais je suis certain que Sam était là et que son plaisir avait du être extrême. Lilly avait-elle conscience des regards qui se posaient sur elle ou bien avait-elle pu s'isoler mentalement et se croire seule avec son partenaire ? On touchait là aux raffinements du plaisir, du sexe et de l'amour.

Entre deux photos, une feuille manuscrite, en français était signée de Sam. « C'est moi qui vous ai fait inviter l'autre jour pour le vernissage, j'y pensais depuis huit mois. Il y a huit mois, vous souvenez-vous ? Vous étiez allé avec Marie à une soirée... »

Je me sentais rougir. Oui, je me souvenais. J'avais vu sur le Net un site qui offrait des rencontres pour couples, des soirées *épicées*. J'avais échangé quelques messages, j'étais tenté mais il fallu convaincre Marie et ce ne fut pas facile. Le sexe, pour elle se passe de fioritures et si même nous avions déjà parlé de triolisme, d'exhibition, si encore sur le principe elle n'avait « rien contre », *ce n'était pas pour elle*. Elle ne se souciait pas de savoir si c'était *pour moi*. J'avais alors tant insisté qu'elle avait cédé. J'avais payé un droit d'entrée au club et avait eut accès aux programmes que proposaient les membres qui voulaient vivre des fantasmes, ou simplement des émotions hors de la monotonie. J'avais choisi une soirée classée *soft exhibition* en me disant qu'on ne risquait pas grand chose. Nous étions allés dans la 42ème rue ouest, l'appartement donnait sur les quais. Six couples étaient déjà là en plus des hôtes. Des gens d'apparence normale, plutôt jeunes et biens faits, même si le couple hôte avait la cinquantaine. On nous offrit à boire, nous nous présentâmes, être français nous donnait une aura de nouveauté. Les autres couples se connaissaient sans doute, rien de guindé dans leur attitude, ils avaient peut être l'habitude de ces soirées. On sonna encore à la porte et l'homme qui nous accueillait alla ouvrir, il revient aussitôt mais seul.

« C'est un M. X. qui devait venir avec sa compagne, mais il est seul. Je pense que c'est un stratagème pour entrer dans notre groupe réservé aux couples, c'est contraire à nos habitudes mais je vous demande ce que vous en pensez, nous ne sommes pas nombreux, on peut peut-être faire une exception ?… »

Par un vote à main levée, l'homme fut accepté et la soirée commença. L'hôtesse passa devant les convives, chaque couple jeta un papier plié dans un saladier d'argent. Je n'avais rien préparé et me sentais bête comme quand on n'a pas d'argent à la quête, mais elle passa sans insister. L'homme seul n'avait rien préparé non plus, j'imaginais que des scenarii avaient été préparés et qu'un tirage au sort allait en décider l'ordre ou simplement le choix.

Avec une fausse solennité l'hôtesse tourna les papiers dans le saladier et demanda à l'une des très jeunes femmes d'en tirer un.

« Tendre amour. Lois danse et Mark le visage masqué l'aime, signé Lois et Mark. Y a-t-il une opposition ?...».

Les participants acquiesçaient, souriant, Un homme fit une bourrade à un autre le félicitant.

« Mark, Lois, vous vous préparez et nous nous installons. »

Les deux jeunes gens se levèrent et sortirent, puis nous passâmes dans la pièce voisine. Des chaises le long des murs et au sol un tatami, pas de fenêtres. Des lampes au mur, de nombreux bougeoirs aux bougies éteintes. Sur une commode, une boîte à cigares ouverte, des bouteilles d'alcool et des verres. La lumière baissa, puis s'éteignit, on resta dans le noir complet. Au fond de la pièce, il y avait un paravent laqué qui dissimulait une porte. La porte s'ouvrit, on devinait la lumière vacillante d'une bougie. La bougie était dans la main de Lois, très jeune fille aux longs cheveux frisés, elle devait être d'origine irlandaise, ses cheveux blond-roux, ses yeux clairs et ses tâches de rousseur y faisaient penser. Elle avait revêtu une chasuble, comme un poncho blanc, un trou pour la tête, une ceinture, le linge allant jusqu'aux pieds, la chasuble était ouverte des deux côtés et serrée à la taille par la ceinture. Avec sa bougie, elle en alluma quelques autres et alla la poser sur une console. Elle alla sur le tatami, un peu figée. Comme rien ne se passait, elle tourna la tête vers le paravent, à ce signe, les paroles de *Georgia on my mind* dans une version de 1930 ou 32 par Louis Armstrong diffusèrent. Les yeux fermés, lentement sa jambe droite pris le rythme, puis ses mains, puis son buste et son corps tout entier. Puis ce fut la trompette jouant *Love, you funny thing*, et sur cette musique elle dénoua la ceinture de soie qui glissa par terre. Comme elle bougeait avec la musique, apparaissaient par moment ses petits seins, elle fit glisser la chasuble au dessus de la tête et offrit aux regards un corps gracile, presque maigre, de petits seins aux aréoles de garçons. Elle avait une chaînette autour des reins et une étole de soie blanche y était glissée qui passait entre les jambes et retombait en pagne jusqu'aux genoux, cachant son sexe et ses fesses. Elle attendit la fin du morceau en dansant, puis les haut-parleurs donnèrent Nina Simone dans *Work Song*. Lois marquait le rythme de mouvements saccadés  des jambes et des bras. Le morceau suivant était *You better know*. Pendant la partie lente, elle tendit ses bras au ciel puis desserra le clip qui retenait la chaînette et tomba l'étole. Une toison très claire, fouillis, très frisée et abondante laissait voire ses longues lèvres, car elle avait écarté assez les jambes et faisait maintenant comme des exercices de gymnastique suédoise. Puis comme *I Love you Porgy* commençait, entra Mark, je visage couvert d'une cagoule noire. Il était nu et vint rejoindre Lois sur le tatami. Il était plus grand qu'elle, robuste, et bien qu'il fut près d'elle à la toucher, elle restait indifférente à sa présence.

Mark se colla à son dos et lui enserra les seins, puis une des ses mains glissa sur son ventre. Elle avait mit les mains sur la tête et ondulait avec la musique, se laissant caresser les aisselles, les bras, les seins encore et le ventre. On arriva à la fin du morceau puis ce fut *He needs me*. Elle se retourna, enlaça le cou de l'homme et ils s'embrassèrent à pleine bouche. S'aidant de ses bras, elle noua les jambes autour des reins de l'homme qui la soutenait par les fesses, et tout en s'embrassant, ils tournaient jusqu'à entendre *Little girl Blue*. Là, il la posa, et agenouillée, elle prit le sexe de l'homme qui finit de se durcir dans ses mains puis sa bouche. L'homme s'agenouilla, s'assit sur ses talons et elle, se relevant, présenta son sexe à sa bouche. Les mains sur la tête de l'homme, elle frottait son pubis contre son visage, jusqu'à entendre le morceau suivant, *Spring is here*. Là, elle glissa contre l'homme resté à genoux et assis sur ses talons. Elle entoura de ses genoux le buste de l'homme, ses mains l'entourant, la tête sur son épaule, ses pieds noués sur ses reins. Par des mouvements du bassin et avec l'aide de la main de l'homme, elle fit pénétrer le sexe en elle. Elle bougeait très peu le bassin, lui ne bougeait pas, la tenant serrée contre lui. Tout le morceau passa ainsi, puis le suivant encore qui était *Since my love is gone*. J'ai vérifié, les deux morceaux à la suite durent presque huit minutes, et pendant ce temps rien ne bougeât que le bassin de Lois, très faiblement et parfois ses genoux qui se resserraient.

Comme commençait *Black is the colour of my true love's hair*, Mark se redressa et sans la quitter, allongea Lois sur le dos et lui se trouva sur elle. Elle avait gardé ses pieds noués autour de la taille de son homme qui bougeait à son tour le bassin en pénétrations régulières. Le morceau dure trois minutes et pendant ce temps, rien d'autre que ce mouvement lent. Avec *Solitude*, il roula sur le dos, elle toujours accouplée, les genoux par terre, les fesses sur les talons, s'appuyant des mains sur le torse de l'homme, lui, caressant ses seins, elle commençait de frémir et en moins de trois minutes que dure ce morceau, elle atteint un orgasme de miaulements qui la couvrit de sueur.

Comme elle avait jouit et que la musique était finie, Mark remit Lois sur le dos et en quelques coup de reins jouit en elle à son tour. Il se coucha sur elle tout à fait, comme dormant. Presque une minute passa, quelques applaudissements firent lever le couple. Mark ôta le masque, ils souriaient. Lois, sur la pointe des pieds, posa un baiser sur la joue de Mark puis ils s'en furent derrière le paravent.

On remit les lumières, graduellement, on repassait du sacré au profane, l'émotion était partagée. Lois et Mark revenaient vêtus en se donnant la main, souriants. L'hôtesse offrit à boire et à fumer, puis présenta le saladier à Lois qui tira un autre papier.

« Nous invitons une amie, signé Jean et Joe. Jean, expliquez-nous un peu ce que vous voulez... »

Une autre femme répondit :

« On a pensé choisir l'une d'entre vous mes amies et de lui faire l'amour, Joe et moi. »

« Pourquoi de pas plutôt la tirer au hasard ? Ça serait plus excitant ! » dit l'hôtesse, « Qui est contre ? Personne ? Alors Mesdames, vous êtes sept puisque Jean participe déjà, vous êtes six candidates possibles. Chacune dit un nombre entre un et six et je tire la lauréate au dé. »

Le sort ( ?) choisi Marie : si ça n'avait pas été le cas, je n'aurais pas écrit ce livre car ce coup de dé à changé nos vies.

Pour la convaincre de m'accompagner, je lui avais dit que nous serions voyeurs, acteurs passifs mais qu'il n'était pas question de nous exhiber, que l'idée était seulement d'enrichir notre répertoire d'images intimes. Pourtant, elle se leva, me jetant un regard mauvais mêlé de défi. Elle enleva ses chaussures pour monter sur le tatami et fut rejointe par le couple et sur un signe de l'homme, on commença d'entendre de la flûte indienne. Jean pris le cou de Marie dans ses mains et posa ses lèvres sur sa bouche, puis elle déboutonna le chemisier de Marie qui restait de pierre, les yeux au loin. Sa jupe dégrafée par Joe qui était derrière tomba et ma femme se trouvait en sous-vêtements. Mon cœur battait la chamade, j'avais des arythmies. Extraordinaire sentiment, le désir mêlé d'exposer ma femme et la jalousie que cela induisait. Mais ce n'était plus le temps profane, une fois encore le temps s'arrêtait, ce qui se passait là n'existait pas dans la vie réelle. Comme Jean s'agenouillait pour faire glisser le slip de Marie, Joe lui dégrafait son soutien-gorge et Marie était nue, offerte aux regards. Très peu d'hommes, encore moins de femmes l'avaient vue ainsi, j'étais fier de sa beauté, le sang tapait sur mes tempes. Les grandes mains de Joe caressaient les seins de Marie, de la main, Jean écarta ses cuisses pour pouvoir atteindre son sexe avec sa langue. Marie ferma les yeux et pris les cheveux de la femme dans ses doigts qu'elle serra. L'homme se déshabilla  rapidement et vint se replacer derrière Marie qui sentant sans doute le sexe dur contre ses fesses rouvrit les yeux brusquement. Elle me regarda d'un air triste, presque désespéré, l'homme avait reprit ses seins et se frottait sur ses fesses pendant que Jean la léchait toujours. Elle se releva, fit tourner Marie, la mit à genoux, pris le sexe de son mari et le présenta à la bouche de Marie qui le prit. Ma femme touchant un homme, touchant, suçant le sexe d'un homme devant moi, jamais je n'avais connu trouble aussi grand. Ses mains allaient sur les cuisses, les bourses de l'homme, son ventre. Jean à genoux aussi, derrière Marie lui caressait le dos, passait la main sur son ventre, ses seins, passait les doigts dans la raie des fesses, puis lui caressa le sexe. L'homme se dégagea son sexe était très gros, le mien aussi mais moi j'étais habillé. L'homme fit mettre les mains de Marie au sol, lui demanda de poser la tête sur ses mains et de garder le derrière levé. Jean la lécha encore, puis se retirant, d'un geste, offrit le vagin qu'elle avait mouillé de sa salive au sexe de son mari qui s'agenouilla. Jean plaça le sexe de Joe sur celui de Marie et d'un coup sec, il entra en elle qui surprise lâcha un faible cri. Joe avait prit Marie par la taille, comme font les chats pour maintenir la femelle, mais aussitôt, Marie se tourna de côte, quitta l'accouplement, me regarda abattue et me dit en français,

« Je ne peux pas David… »

Elle se releva, prit ses habits quitta le tatami et en pleurs parti se cacher derrière le paravent. Elle en revint couverte d'un peignoir, tous étaient debout, Joe plus gêné que les autres se croyait responsable du fiasco. La magie avait disparu, on se retrouvait d'un coup plongé dans le profane où la pudeur a cours. Joe, cachant son sexe d'une main, ramassant ses vêtements de l'autre quitta aussi le tatami. Je tentai de consoler Marie qui voulait partir, je m'excusai auprès de nos hôtes. Je ramassai les vêtements de Marie et nous sortîmes de la pièce. Marie se rhabilla, nous étions seuls. Nous sortîmes.

Je ne parlais pas, Marie s'excusait, elle disait avoir voulu sincèrement jouer le jeu *pour me faire plaisir*, mais n'avoir pu le faire. Elle avait bien eut quelques amants, mais se disait fermée aux pratiques collectives et à l'exhibition. J'aimais la voir, elle n'aimait pas se montrer. Elle avait aimé le spectacle de Lois et Mark parce que *c'était tendre, c'était beau*, mais s'offrir aux regards dans ce qu'elle avait de plus intime, son visage au moment de l'orgasme, elle le ressentait comme un viol auquel rien ne l'avait préparé. Cet homme seul qui la dévorait des yeux comme une hyène une charogne et qui était venu alimenter, pour ses masturbations solitaires, son catalogue d'images érotiques l'avait plus que tout gênée. Elle se sentait prostituée, forcée et moi coupable, elle, coupable aussi de m'avoir privé de la réalisation d'un fantasme et nous fîmes l'amour tendrement et tristement rentrés chez nous.

# IV
# Le site.

Le mot dans la boîte, les photos, le rappel des spectacles vieux de huit mois maintenant, j'avais pris rendez-vous avec Sam il me fallait comprendre.

« Les hôtes de cette soirée ne sont pas philanthropes et pas seulement adeptes de l'érotisme pluriel, ils ont le sens des affaires. » expliqua-t-il.

Il alla à son bureau, pris une télécommande et alluma un poste de télévision, mit en route le lecteur de disques et apparu la scène qui venait de ressurgir à ma mémoire. Des caméras devaient avoir été dissimulées dans les angles des murs et du plafond car on voyait les acteurs en légère contre-plongée. Comme l'hôte avait jeté le dé, je suis sûr maintenant qu'il avait triché pour désigner la novice du groupe, pour faire du film une plus grande réussite. Le spectacle de Marie n'avait pas duré dix minutes, mais le film dura plus du double, il avait été travaillé, la même scène prise sous différentes angles durait plus que nature, des gros plans du visage de Marie, parfois ralentis révélaient ses sentiments, peur et désir de répondre à la provocation tout au début, tentative d'isolement, de concentration sur les sensations reçues sous la langue de Jean, visage déchiré, bouche largement ouverte sous le coup de la surprise voire de la douleur au moment très précis de la pénétration. Voir Marie devenue actrice inconnue sur l'écran faisait rejaillir les sentiments mêlés d'immense plaisir et de colère jalouse. Nous vîmes la totalité du film sans commentaires. A la fin, Sam reprit.

« Quand j'ai connu Lilly, tout allait bien et puis est venue cette maladie qui peu à peu m'a privé de mes moyens…enfin vous comprenez. Le plaisir physique, simple et direct devenant peu à peu impossible, mon cerveau est devenu en manque et j'ai commencé à bâtir des plaisirs plus intellectuels, plus aériens, plus intenses aussi. Voyez-vous, c'est avec le cerveau qu'on bande, c'est le cerveau qui est la source du plaisir, des désirs et comme plaisir et douleur sont proches, profanation et adoration le sont aussi.

C'est parce que vous aimez votre femme que vous désirez la voir participer à vos fantasmes et c'est par ce que vous l'aimez que vous jouissez de la voir avec d'autres avec votre accord, et le plaisir est d'autant plus grand que vous avez voulu, organisé ces rencontres. Il y a deux ans, j'ai créé le site sur lequel vous avez trouvé l'existence de ces soirées. J'ai trié ceux qui me contactaient, sans jamais apparaître directement, je voulais autant que possible éliminer les déséquilibrés de toute nature, heu … je ne veux pas dire que je suis équilibré, je veux dire que je voulais éliminer les déséquilibrés qui ne cadraient pas avec mes propres désirs. J'ai nommé quelques *chefs de cellules* si je puis les nommer ainsi et je les ai convaincus de filmer les séances. Ils me les vendent ne sachant pas qu'ils ont à faire au même organisateur. J'ai trouvé un très grand plaisir à voir. Voir des amateurs comme on dit, émouvants dans l'exposition de leurs désirs, heureux d'être vus ou heureux de faire plaisir. Pourtant, rapidement, les films se ressemblaient et je ressentais moins de fébrilité à les voir. Je les regardais avec Lilly le plus souvent et elle me caressait pour un plaisir plus prosaïque, puis un jour, elle me proposa de participer à une de ces séances. Elle est jeune et ses besoins ne sont pas seulement décharnés. Nous nous aimons vous savez, avec profondeur, conscience, et tristesse avec la certitude de la séparation prochaine, mais curieusement, la perspective d'avoir des amants *pour l'hygiène* la désespère. »

« L'idée de la voir livrée à d'autres, elle que j'ai connue vierge, au début me désespéra à mon tour, puis peu à peu, la conviction que c'était là la seule façon de continuer une vie sexuelle de couple s'imposa. L'envoyer seule, en ville et attendre de voir le film, je crois que je n'aurais pas pu le supporter, tout le temps qu'elle serait loin, mon imagination m'imposerait des images dont je n'aurais pas la maîtrise et dont j'allais souffrir. J'organisai donc près d'ici un groupe, dans une maison dont je savais qu'il était possible d'observer le salon d'une pièce dérobée. J'arrangeai des prises de vues professionnelles - c'est comme ça que mes relations avec Mark et Bernhard ont commencées – car je pensais alors que cette expérience n'aurait pas de suite et je voulais en entretenir la mémoire. Ils sont homos vous savez ? Cela donne à Saul une distance dans le travail que le désir n'altère pas. Je vais vous montrer ce film. Vous voulez bien ôter celui-ci ? Vous pouvez le garder, il vous revient plus qu'à moi. Prenez dans le tiroir, là, sous le poste, … C'est le disque qui est dans une enveloppe, vous y êtes ? Mettez-le. Vous comprenez que j'ai du plaisir à vous le montrer. »

Il lança le film. Dans un faisceau de lumière, une table basse, chinoise, noire et laquée. On entendait des conversations, mais on ne voyait personne. Un travelling, d'un autre point de vue fit découvrir, dans la pénombre, mais sans bien les voir, des hommes en smoking, certains masqués de loups, certains fumant le cigare, installés dans de profonds fauteuils à tel point qu'ils en étaient presque isolés les uns des autres. Ils entouraient la table, ils pouvaient être vingt peut être moins, il y avait deux rangs de fauteuils, tous étaient donc assez près de la table. Tout à coup, on entendît un piano et la trompette de Louis dans l'introduction *the Black and Blue (What did I do to be so)* et le silence se fit. Sortant de la pénombre, passant entre les fauteuils arriva Lilly. Son visage était couvert du masque de bunraku. Ainsi, elle aurait du être le marionnettiste alors qu'elle était la marionnette de Sam. Mais est-ce si sûr ? Elle était couverte d'un large kimono noir, ceinture noire, c'est pourquoi au début on aurait cru une ombre. Elle monta sur la table et ondula, oui, ondula, tourna, fantôme noir aux mains blanches. Cette introduction musicale dure une minute cinquante-cinq, là encore le temps ne passait pas. Les paroles commençaient, et avec les premiers mots, elle dénoua la ceinture noire et fit tomber le kimono noir qui fit un chiffon à ses pieds. Elle était blanche, sauf le visage et le cou couverts du masque, une écharpe blanche passée autour du cou se croisait sur ses seins et les cachaient, se croisait encore dans le dos, était nouée sur le ventre. Elle avait autour de la taille un pareo de soie blanche. Deux minutes à danser ainsi jusqu'au morceau suivant, *Struttin' with some barbecue,* duo de piano et trompette enlevé, elle levait par moment les genoux dansant le charleston, virant pour se montrer à tous sous tous les côtés. Ce morceau dure presque six minutes, mais on restait incroyablement attentifs, guettant, espérant le moment où d'autres parures tomberaient. Ses mouvements rapides finirent par faire glisser le pareo sans que ses mains n'agissent, révélant un autre pagne, blanc, tenu par une ceinture blanche, et commença *West end blues*, enregistrement public, avec des applaudissements en fond. Elle dénoua l'écharpe sur son ventre, ondulant toujours, l'écharpe pendait de son cou et couvrait encore un peu le bout des seins, mais en laissait voir, à la dérobée, le galbe. Elle écarta l'écharpe, toujours ondulant comme une professionnelle de bar *topless*, en la tenant à deux mains elle la fit glisser de son cou, elle n'avait plus que son pagne blanc, le ventre concave que j'avais déjà vu, un corps de jeune fille musclée.

Avec *Back o'town blues*, le rythme parfait du strip-tease, son bassin exagéra les mouvements latéraux et ses mains jouèrent à dénouer très lentement,

… I'd a woman…

sur sa hanche, le nœud qui tenait la ceinture de soie, millimètre par millimètre, le tissus bougeait, le mouvement des hanches, des genoux s'amplifiait, cela dura les trois minutes et demi du morceau, et le pagne tomba au dernier coup de trompette.

Mais elle n'était pas encore nue, une chaînette, dorée la ceignait à laquelle était accroché un cache-sexe de soie beige, torsadé et étroit qui passait dans la raie des fesses et s'accrochait derrière sur la chaînette. Sur des variations du même morceau, elle ralenti le rythme fini par presque s'immobiliser, pieds serrés, les talons se soulevant à tour de rôle, les pieds restant à terre, elle passa la main sur ses seins, son ventre, puis des deux mains, elle chercha le fermoir de la chaînette, l'ouvrît et fut nue. Le tout avait duré presque une demi-heure, éternité dit-on, mais l'expérience montre que dans ces conditions le temps est vraiment arrêté. Elle marchait maintenant sur la petite table, on entendait *Aunt Hagar's blues* à la trompette. Elle tenait la chaînette à la main et la faisait tourner. Deux minutes ainsi à marcher, nue, en rond sur la petite table, la chaînette dans la main droite, puis avec les paroles de Louis elle remit comme ceinture la chaînette, sans le linge, et simultanément, une forme noire, vêtue en marionnettiste de bunraku, sans doute une femme, s'approcha de la table. Elle présenta, sur un coussin un objet métallique qui brillait sous la lumière du projecteur. Lilly ondulait toujours. Elle prit l'objet, le présenta à tous, au bout de sa main droite. Elle descendit de la table, en fit le tour, le montrant aux spectateurs. Certains tendirent la main pour lui toucher, qui la cuisse, qui la fesse, qui la toison. Elle ne réagit pas. C'était un petit godemiché nickelé, d'une dizaine de centimètres et large comme un pouce. Y était accroché une fine chaînette. Lilly la clipa sur la chaînette qui entourait ses reins, un peu en dessous du nombril, écarta les genoux et délicatement l'introduisit, puis clipa l'autre extrémité de la petite chaîne entre ses reins. L'objet restait ainsi en elle. Elle remonta sur la table. La musique avait changé, c'était maintenant du shamisen que l'on entendait, musique lente et sacrée. Les bras le long du corps, elle fit quelques tours de table, en descendit et marcha, à la lenteur de la musique entre les fauteuils. Des hommes, tout en restant assis lui touchaient les cuisses et les fesses. L'un d'entre eux glissa son doigt entre la petite chaîne et les reins de Lilly, ce qui fit pénétrer plus profondément l'objet, elle ne se retourna pas et l'homme dû retirer son doigt. Quelques hommes avaient ouvert leur braguette et se caressaient, mais Lilly les ignorait. Puis elle remonta sur la table, à genoux et assise sur les talons, les seins dans les mains, elle se caressait par des mouvements du bassin. La caméra la cadrait de près maintenant, les seins étaient pétris graduellement de plus en plus fort, puis elle tomba sur le côté, s'agita de soubresauts, puis prit une position fœtale, la lumière s'éteignit mais la musique continuait. Quand la lumière revint, il n'y avait plus sur la table qu'un petit tas de tissus noir et des taches blanches que faisaient les morceaux de soie.

« Ce que je ressentis alors, c'est ce que vous avez éprouvé ; deux émotions ne sont pas semblables, mais comparables. Le cœur qui bat vite et fort, l'estomac qui se noue, le désir qui se concentre dans la verge, et ça dure... Ce que Lilly avait fait était pour moi seul et son plaisir peu de chose à côté du mien. Je lui avais proposé le canevas du spectacle mais pas les détails, elle avait comprit qu'une partie du plaisir était dans la surprise, ici, effeuillage inattendu, objet inattendu. Je lui dis que j'étais prêt maintenant à la voir avec un autre, que moi, maintenant je le voulais, j'en avais besoin. On programma pour le surlendemain une autre soirée, mais le délai était trop court pour activer le réseau et on attendit dix jours.

J'avais, toujours grâce au site, sélectionné quelques hommes, une douzaine je crois chez le même meneur de jeux qui devait veiller au respect des règles que j'imposais. Vous connaissez le bunraku n'est-ce pas ? Le marionnettiste est vêtu de noir, masqué. Lilly portait un masque de marionnettiste, mais celui qui tirait les ficelles, c'était moi. Au moins, je le croyais. Je voulais voir Lilly s'accoupler avec un autre homme et j'avais décidé de le choisir parmi les spectateurs que j'avais recrutés comme voyeurs. Mais il y avait une difficulté, je ne voulais pas me montrer et je dû concéder à Lilly le choix de son partenaire. Ainsi elle m'échappait davantage, et toujours la souffrance que j'en ressentais s'accompagnait de plaisir. Je fis disposer, là où la table avait été posée, un large tapis de sol que les athlètes utilisent pour amortir les chutes, il était recouvert de draps et entouré comme un ring, d'une corde. Les spectateurs étaient sensés rester debout, proches mais séparés de Lilly. Elle devait se déshabiller, comme vous venez de le voir, puis choisir l'homme avec lequel elle s'unirait, je souhaitais la voir le désigner du doigt, je voulais voir ainsi sa volonté d'avoir un partenaire. Mais ça s'est déroulé un peu différemment. Regardez. »

Il actionna l'avance rapide et lança la lecture. Sur l'écran, Lilly était torse nu et le sexe couvert d'un cache-sexe accroché à une chaînette.

« Je ne remets pas au début, c'est assez proche de ce que vous venez de voir. Regardez maintenant. »

Une sorte de ring de boxe très bas avait pris la place de la table laquée. Maintenant, Lilly ouvrait la chaînette sur sa hanche droite, elle regardait, à travers son masque, ce que ses doigts faisaient, elle fit tomber le peu qui cachait son sexe. Des hommes tendaient les mains, et réfugiée au centre du ring, elle ne pouvait éviter que des doigts ne la frôlassent. Elle s'éloignait d'eux pour être touchée par d'autres. On percevait la tension de la scène. Un homme qui s'était déshabillé franchit les cordes et mit les mains sur les seins de Lilly sans qu'elle ne l'ait choisi. A ce geste, plusieurs jetèrent leurs vêtements et bientôt, tous furent nus. Ils étaient neuf et en quelques instants quatre d'entre eux entourèrent Lilly qui n'était presque plus visible. Il y eut comme une mêlée, un cinquième homme entra en scène comme les quatre autres l'avait soulevée. On entendait un peu les bruits qu'ils faisaient, mais pas suffisamment pour comprendre ce qui se disait à cause de la musique qui était sensée composer l'univers sonore, mais on devinait qu'ils obéissaient à des ordres. Bientôt, elle fut enlevée, mise à l'horizontal, deux hommes lui soutenant la tête et les épaules, deux autres lui soutenant le bassin d'une main, le creux poplité de l'autre, lui écartant exagérément les cuisses. Le dernier se présenta debout  entre les cuisses, la pénétra rapidement, et plus rien ne bougea que les reins de l'homme et en réaction, l'ensemble qui subissait les à-coups. Puis il resta cambré sans bouger, on pouvait penser qu'il venait de jouir. Il se retira, les quatre autres posèrent Lilly par terre et la baisèrent à tour de rôle. Comme le troisième était sur elle, un autre entra sur le ring, bientôt suivi de deux autres qui attendaient leur tour. Le quatrième la prit à son tour, mais alors, le cinquième, n'y tenant plus, dénoua le masque, le tira et força son sexe dans la bouche de Lilly qui le prit des mains pour l'empêcher de s'enfoncer trop avant. Il y resta quelques secondes, peut être vingt, mais guère plus. Restaient deux hommes, le premier la mit sur le ventre et voulu l'enculer, mais il jouit à peine introduit, rien ne l'avait préparée à cette pénétration et sèche, cela était difficile, mais le dernier, grâce au sperme qui venait de la couvrir, lui pénétra l'anus et Lilly se cambra, les bras écartelés. Le dernier des hommes qui était resté à l'extérieur s'était masturbé, il vint égoutter son sperme sur le dos de Lilly. C'était fini, moins de dix minutes étaient passées et pour la première fois Lilly avait été pénétrée par un autre que Sam. Cinq lui avaient pénétré le vagin, un la bouche et deux l'anus en moins d'un quart d'heure. Un homme était couché sur le dos, membres écartelés, un autre était assis et la regardait, les autres quittaient la scène La caméra zooma sur le dos de Lilly où le sperme s'écoulait en rigoles. Elle se mit sur le dos, se redressa sur les coudes, jambes étendues et écartées. La caméra se rapprocha encore de l'entrecuisse, l'intérieur des cuisses était sali de traces blanches, du sperme s'écoulait de son sexe. Du sperme et de la salive mêlés coulaient aussi de sa bouche. Le drap était froissé et taché. Son visage, lentement, tristement, se tourna vers là où elle savait que la regardait Sam et ses lèvres dirent *I love you.*

« Voilà : le jeu nous avait échappé, mais le plaisir que nous avions ressenti avait été immense, car, aussi choquant que cela put paraître, Lilly privée de pénétration depuis plus d'un an avait joui, comme jadis me dit-elle, un long orgasme continu, perdu qu'elle était hors de la réalité, pénétrée comme une femme peut l'être. Nous avions franchi une étape comme un jeune couple qui découvre ensemble et pour la première fois l'amour ; la première pénétration est souvent difficile, mais après tout paraît si simple … Tout désormais nous paraissait possible. »

# V
# Un spectacle en ville.

Rentré à New-York je restai plusieurs jours sans parler à Marie de ma visite à Princeton, sans pouvoir lui parler du film qui avait été prit d'elle à son insu. Sans que je l'aie consciemment voulu non plus, il était le témoin d'un désir qui nous avait échappé d'une situation qu'elle avait subie et non voulue et dont je me sentais responsable. Peu pressé de raviver de désagréables souvenirs qui auraient pu induire chez elle des ressentiments à mon égard je ne parlais plus ni de Sam, ni de Lilly.

Mais il y avait les photos que j'avais portées à l'encadreur, il me fallu aller les rechercher. Je posai trois d'entre elles dans mon bureau, retournées au pied d'une bibliothèque, mais je décidai d'accrocher la dernière au mur. Lilly y était sur la table, de face, un genou levé et plié, le talon presque contre la cuisse, l'autre genou plié aussi, mais à plat sur la table. Elle portait ses fines lunettes ovales et regardait l'objectif sans montrer de sentiments particuliers comme si elle avait été seule et comme s'il eut été normal, étant seule d'être ainsi sur une table, les mains liées. Regardant l'objectif, elle me regardait et je me sentais construire avec cette femme une intimité asymétrique qui s'imposait à moi.

Marie ne fut pas longue à découvrir ce portrait et je dû lui dire dans quelles conditions je l'avais reçu, je dû parler de ma visite chez Sam qui m'avait confirmé son plaisir de savoir ces photos chez nous. Marie m'interrogea sur mes désirs auxquels elle avait accepté de participer plusieurs mois auparavant puis très récemment. Il me semblait qu'elle tentait de me comprendre pour décider si j'étais devenu pervers et irrécupérable ou bien, s'ils étaient de l'ordre du fantasme passager et tolérable : elle avait lu des livres. Je dû encore lui avouer qu'une sexualité limitée aux accouplements conjugaux, le plus souvent réussis, à la fréquence de ses propres désirs ne me satisfaisait pas complètement et que ma tête était pleine d'images. Je dis ce que m'avait confié Sam (le plaisir est dans la tête) pour lui donner l'impression que je n'étais pas seul à être fou.

Nous parlions sans tensions, comme s'il se fut agit d'échanger nos impressions sur un roman ou un film. Elle me demanda si mes désirs iraient jusqu'à lui faire jouer ce que Lilly faisait pour Sam, mais comme j'en savais un peu plus qu'elle sur ce que Lilly faisait, j'hésitai un peu à répondre. Elle pensait aux photos et me dit que si cela me faisait plaisir, elle poserait elle aussi pour Mark, qu'elle ressentait quelques frissons à l'idée d'être vue, (admirée, désirée) par un petit cénacle de gens en qui elle avait confiance. Mais comme je n'avais pas encore répondu à sa question et comme la voir comme modèle n'était pas dans la liste de mes fantasmes, je lui dis que Lilly ne faisait pas que poser pour Sam et David…

« Que peut-elle faire de plus que ce que nous avons vu ? »

« Il lui ait arrivé de faire l'amour devant Sam… »

« Avec un autre homme ?… devant son mari ?… elle était d'accord ?… et Sam a accepté ?… »

« C'est lui qui lui avait demandé… »

« Et toi tu voudrais que je fasse l'amour devant toi avec un autre homme ? »

Mon cœur battait plus fort.

« Oui, je crois que j'aimerais beaucoup, l'idée que cela soit possible m'excite énormément… »

Silence. En apparence au moins, elle ne me jugeait pas. Pensait-elle à quelque esquive, ou bien au souvenir de la soirée au cours de laquelle elle avait été une involontaire actrice ?

« Tu ne sais pas ce que tu dis, tu es jaloux, si je le faisais tu ne supporterais pas ! »

« Je ne crois pas et comme nous en parlons, je réalise que j'en ai très envie. Quand nous sommes allé sur la 42$^{ème}$ l'année dernière, j'ai eu énormément de plaisir... non d'excitation, de désir à te voir avec cet homme... »

Elle me regardait dans les yeux sans rien dire, sans expression, allait-elle exploser, me gifler, tourner les talons ? Je sentais que nous glissions sur une pente dangereuse.

« J'ai eu envie d'être pénétrée par cet homme... Il était beau et sa peau était très douce, il sentait la vanille... Mais il y avait le regard malsain de ce type tout seul, et puis je pensais à toi, je pensais que tu allais souffrir. Tu as oublié tes réactions quand j'ai eu des aventures ?... »

Je ne m'attendais pas à cela et ce qu'elle disait sur son désir, la peau douce et la bonne odeur me titillait la jalousie. Je ne suis pas simple...

« Ça n'est pas la même chose quand c'est avec mon accord ou dans mon dos ! On est trompé quand on nous ment, mais pas quand on ne se cache rien. »

Nous avions déjà eu ces échanges, elle ne changerait pas son point de vue.

« Il m'a donné un film... »

« Qui ? Sam ? ... Un film de quoi ? »

« D'un spectacle où Lilly fait l'amour avec un autre homme. »

« Et ça t'a plu ? »

Je m'attendais à sa colère, peut être à des moqueries, mais elle restait d'une neutralité scientifique. Elle accepta que je le lui présente, cette acceptation seule me nouait l'estomac, on dépassait là la sexualité matrimoniale qui était notre lot commun. Je lui passai sans interruption les deux séquences du film, celle où elle était seule et celle où elle avait été assaillie. Comme ce fut fini, je restais silencieux, tout à mon désir et à ma crainte de ses réactions.

« Et tu voudrais que je fasse ça ?... Et puis ce n'est pas un homme, c'est une dizaine...Elle aime ça être prise par n'importe qui ? »

Elle était choquée, intéressée, provoquée.

« Ça ne devait pas se passer comme ça, elle devait *choisir* un partenaire et faire l'amour avec lui, et puis le jeu a échappé... »

« Oui, je sais, *ça échappe* souvent... »

Je me félicitai de ne pas avoir parlé du second film dont elle était l'actrice involontaire, nous aurions eut là sans doute un casus belli... Ce soir là, elle me fit l'amour, elle y mit de l'ardeur, ses lèvres étaient très chaudes, le film ne l'avait pas laissé indifférente.

« Sam ne t'invite plus ? » me demanda-t-elle quelques jours plus tard ?

« Il nous avait invité tous les deux, mais non, je n'ai pas de nouvelles. »

Comme elle n'avait pas mit d'ironie dans sa question, je cherchais un prétexte pour renouer le contact avec Sam. Je passai à la galerie, mais ni Mark ni Bernhard n'y étaient et je dû appeler Sam à son laboratoire.

« J'attendais votre appel et je m'inquiétais de votre silence ! Voyez, j'ai fais le premier pas, l'exposition, l'invitation, mais il faut que vous soyez libres, la suite demande un acte volontaire de votre part. Marie a-t-elle vu les films ? »

« Seulement celui de Lilly… »

« Vous avez sans doute bien fait. Qu'en dit-elle ? »

Je lui fis part de nos échanges, de sa réaction mitigée, de désir et de rejet mêlés, mais je tu le désir que j'avais ressenti dans notre intimité.

« Je vous fait parvenir deux billets pour un spectacle en ville et on reparlera. »

Il raccrocha sans un mot de plus. Le lendemain, une invitation pour deux était au courrier pour un spectacle qui devait se tenir dans une très petite salle du Village.

« C'est Sam qui nous invite… Tu viendras ? »

« Bien sûr, on ne refuse pas les invitations de Sam… Il y sera ? »

Il n'y était pas. Quatre tables à dessus de marbre blanc, comme dans les bistros parisiens, une douzaine de chaises étaient occupées par des couples, trois hommes étaient debout au fond accoudés au bar. Un chanteur avec sa guitare donna quelques classiques de Léonard Cohen puis des morceaux de sa composition assis sur une chaise, sur l'estrade et devant un rideau tiré. Vint un violoniste tzigane virtuose, puis le rideau s'ouvrit, la salle s'assombrit tout à fait, les spectateurs du premier rang un peu visibles par l'éclairage de plateau. On entendit *Le boléro* de Ravel et en même temps apparu venant des coulisses côté jardin, un bédouin en costume du désert, il tirait une corde à laquelle étaient attachées les deux mains d'une bédouine voilée qui le suivait en marchant. Ils traversèrent la petite scène comme dans les dunes, on attendait les dromadaires. La musique entêtante, la scène vide. Puis de nouveau, venant encore du côté jardin, le bédouin, la corde, apparaissent les mains de la femme voilée, puis elle paru, mais torse nu, et je reconnu les seins de Lilly. Un long jupon la couvrait des reins aux genoux. Le couple traversa encore la scène, revint une troisième fois, Lilly, tout à fait nue, mais voilée d'un tchador violet. Alors, au lieu de sortir côté cours, le couple fit demi-tour sur la scène, Lilly marchant au pas lent de l'homme, se laissait voir de partout. Il n'y avait pas un mot dans la petite assistance. Le rideau retomba. Le guitariste revint et chanta *Like a bird on the wire* de Léonard Cohen. Le rideau s'ouvrit de nouveau. Il y avait un couple de face se tenant par la main, l'homme nu sauf un cache sexe de tissus clair, elle cheveux aux épaules, vêtue d'une tunique tenue par une ceinture. Le jeu de la guitare donna du rythme aux pieds du couple, puis entonna un standard de Johnny Cash, *I still think about Cathy too*, les deux partirent dans un rock de professionnels, en parfait accord avec la musique, dès la première passe, la femme perdit sa ceinture, à la deuxième elle était nue, elle bougeait beaucoup, mais on voyait que ce n'était pas un mannequin, ses cuisses un peu épaisses d'une femme normale, ses seins légèrement affaissés, elle devait avoir une trentaine d'année. La chanson est très courte. Le chanteur entonna alors *Tell me why she left me*, l'homme parti dans les coulisses, la femme, le dos tourné au public marquait le rythme rapide de la musique country par ses mouvements de hanches, elle nous offrait ses fesses bien formées, puis se retourna offrant le reste. Le tout n'avait pas duré cinq minutes et la musique cessa. La femme resta seule debout, regardant l'horizon, souriante, les paumes de ses mains pendantes tournées vers le public, les pieds légèrement écartés. J'étais au deuxième rang, dans le noir, mais de là je voyais que le haut de ses cuisses, l'intérieur et le devant était tout humide. Qui ne le voyait pas ?… Le rideau se ferma. Le tzigane encore, puis le rideau s'ouvrit. Lilly était debout, tête découverte, une chaînette autour des reins, une soierie torsadée cachait son sexe. Il y avait une chaise et une petite table. Entra un acteur de bunraku, noir des pieds aux mains et au masque. Une femme sans doute ou alors un homme de petite corpulence. Il (elle) fit asseoir Lilly face au public, puis se mettant derrière elle, la coiffa, lui tirant les cheveux en arrière. Elle (il) prit sur la table une brosse et poudra le visage le Lilly, puis il passa au maquillage des yeux, des joues et des lèvres. On entendait les *suites pour violoncelle seul* et rien d'autre. Quand se fut fini, Lilly se leva et le rideau tomba. Une chanteuse vint alors sur le devant de la scène avec sa guitare et chanta *What we really need is love* de Rosanne Cash, alors qu'on projetait de derrière, en noir et blanc, sur le rideau fermé l'image d'une femme couchée, dressée sur ses coudes, les genoux relevés et écartés, floue, se perdant dans les plis du rideau, plan serré sur le sexe, puis elle accueilli un homme, et gros plan du visage de la femme animé des coups de reins de l'homme qu'on ne voit pas. Les images étaient trop déformées pour voir clairement quoi que ce fût, on devinait seulement, mais j'ai pensé que cette femme pouvait être celle qui chantait. Le tzigane encore et le rideau s'ouvrit de nouveau avec les *suites pour violoncelle seul*. Lilly était agenouillée, assise sur ses talons, les yeux bandés, bâillonnée, les mains dans le dos, le torse entouré avec un soin infini d'une corde, trois tours au dessus des seins, quatre en dessous, les seins apparents, mais en partie comprimés par la corde et déformés. Ses chevilles et ses mains étaient liées ensemble. Rien ne bougeait, le silence était lourd. Entra l'acteur (actrice) de bunraku qui entreprit de dénouer la corde entourant le buste qu'elle déroula, quand elle fut tombée, les marques en restaient visibles sur la peau de Lilly. Elle dénoua celle qui liait pieds et mains, aida Lilly à se lever et elles sortirent de scène. Le spectacle était fini. En rentrant, Marie admit qu'elle avait trouvé belles les exhibitions et qu'elle n'y avait pas été indifférente. Curieusement, le numéro de la danseuse l'avait le plus étonnée. Elle était sûre que la femme avait là assouvi un désir personnel et qu'elle ne faisait pas, comme Lilly le plaisir d'un homme. Elle avait vu les cuisses mouillées.

Bien qu'il fût tard, j'appelais Sam qui décrocha à la première sonnerie : il espérait mon appel. Nous commencions de nous comprendre.

« Je serais en ville demain, retrouvez moi pour déjeuner avec Marie ! »

C'était plus proche de l'ordre que de l'invitation, cette rudesse était pour Sam une façon de vaincre timidité ou gêne à se comporter d'une façon que seule la maladie excusait à ses yeux.

# V

# Gwen.

Nous avions pris rendez-vous dans un restaurant libanais d'Amsterdam Avenue à deux pas de chez nous. Les serveurs parlaient français et nous y allions quelques fois. Sam avait réservé, mais il n'était pas là. Il devait attendre que nous fussions assis pour entrer. Il était dans son fauteuil, et à ma grande surprise, il n'était pas poussé par Lilly, mais par la jeune femme qui avait dansé nue la veille au soir.

« Vous vous connaissez  n'est-ce pas ?… »

Elle, les yeux un peu baissés (heureuse ou gênée) finissait d'approcher Sam devant son assiette.

« Marie, avez-vous aimé le film que j'ai donné à votre mari ? »

« Heu… c'est assez inhabituel, et…dérangeant… »


« Allez ! La vie est courte, nous ne sommes ni des enfants ni des nonnes, que la morale nous fasse de la place ! Avez-vous aimé ?… »

« J'ai été surprise, très attirée en même temps, et puis je me suis pensée à la place de … »

« Lilly »

« Oui, et je me suis dit que je n'aurais pas pu le faire. »

« Que ne fait-on par amour ? Vous vous êtes *dit* mais il n'y avait rien à *dire*, il fallait *faire, offrir*. Avez-vous vu l'autre film ? »

Marie me jeta un regard interrogateur.

« Je me doutais que votre mari le gardait pour lui, c'est dommage, demandez-le lui. »

Cela ne faisait pas mon affaire, Je commençais à redouter que Sam ne nous manipulât à son profit.

« J'ai voulu vous présenter Gwen qui a dansé pour vous hier. Nous sommes amis et nous nous comprenons. »

La jeune femme souriait, sans gêne de s'être montrée à nous comme elle l'avait fait la veille.

« Vous êtes actrice ? » demanda Marie ?

« Non, je suis professeur d'anglais au Marist College. »

Silence. Le serveur apporta pour chacun un verre de vin rouge libanais accompagné de feuilles de vignes, une fois encore Sam avait tout arrangé.

« Sam m'a demandé de vous expliquer. Longtemps, je me suis crue anormale et Sam m'a guérie mieux que ne l'auraient fait les psys que je n'ai pas osé rencontrer. J'aime être regardée, le terme d'exhibitionniste est trop péjoratif pour que je l'utilise naturellement. Quand j'ai eu dix ou douze ans, que je commençais à me transformer, je rêvais d'être vue nue. Quand je tentais de sortir nue de la salle de bain, ou de laisser tomber ma serviette, mes parents me grondaient sans méchanceté mais ils me faisaient la morale. Des irlandais très catholiques vous savez… Alors à l'école, j'avais juste douze ans, j'eus l'idée de demander à un garçon de me montrer son sexe. Je n'avais pas d'envie particulière de le voir, mais j'espérais qu'il n'accepterait de le faire qu'à la condition que je lui montre le mien, ce qu'il fit. Alors, le cœur battant à tout rompre, j'ouvris mon corsage, ce qu'il n'avait pas demandé, mais je voulais qu'il voit mes petits seins naissants, baissait ma jupe sur mes chevilles, et le regardant dans les yeux, baissait enfin ma culotte, offrant, *pour mon plaisir* mon sexe où poussaient quelques poils pour la première fois aux regards. Ce fut une expérience extrême. Heureuse et fière du regard sur mon sexe, je sentis couler pour la première fois un peu de liquide et au même moment j'étais envahie de plaisir. Pas d'orgasme sans doute, mais un plaisir qui partait de là (elle montrait son sexe), montait là, (elle montrait son ventre) et là (elle montrait ses seins et son cou.). J'avais envie de mettre la main sur mon sexe, mais je ne voulais pas le cacher au regard, je ne voulais pas qu'il pu penser que je voulais me cacher, alors je fermai les yeux, heureuse. Pendant les deux cours qui suivirent, ce garçon me jetait sans cesse des regards et me faisait des sourires idiots, et chacun de ses regards me comblait de plaisir. Aussi, à l'interclasse, quand il me prit la main, je le suivi. Nous étions accompagnés de deux dadais qui devaient avoir treize ou quatorze ans. Ils me firent entrer dans les toilettes des garçons et à trois nous entrâmes dans un box pendant que le quatrième barrait la porte. Aucun mot ne fut nécessaire. J'enlevais mon chemisier, mes seins étaient petits, mais déjà formés et les deux garçons étaient pétrifiés. Je le tendis à l'un des deux, puis j'enlevais ma jupe que je lui remis encore, et enfin, ma culotte que je gardais à la main. Ils étaient rouges et devaient trembler autant que moi. Celui qui avait les mains libres toucha un de mes seins, mais je me reculai, il n'insista pas. Ils me demandèrent de monter sur le siège, mon sexe était alors à la hauteur de leurs yeux et comme mes jambes étaient un peu écartées, le plus grand se pencha pour regarder entre mes cuisses. J'avais encore fermé les yeux et de nouveau le même plaisir m'envahissait. Il m'envahissait vraiment, je me sentais bien de partout. Je senti sur ma jambe couler un peu de gel chaud, je venais de découvrir le plaisir masculin. J'étais étonnée, mais fière. J'avais ouvert les yeux, le garçon se reculottait. Il sorti et fit entrer le quatrième qui voulu me toucher le sexe, mais, je dis *non !* Fermement. Je le regardais dans les yeux, il sorti son sexe que je ne regardais pas et je reçu encore quelques gouttes chaudes sur les jambes. Ils parlèrent sans doute car trois jours plus tard, je fus convoquée chez le principal, mes parents le furent aussi et je fus renvoyée. On me fit la morale, je niais, mes parents doutaient, je pleurais, ils me crurent et on oublia. J'étais malheureuse, mes parents croyaient que c'était de n'être pas crue, mais c'était de ne pas pouvoir être moi, je ne comprenais pas ce que j'avais fait de mal.

L'adolescence passa sans que je n'ose renouveler mon désir. Je me mariai à dix-neuf ans. Mon mari était gentil, un peu timide. Je sortais nue de la douche, mais il tournait le regard *pour préserver ma pudeur* disait-il. Avec lui j'étais bien, mais un jour, comme il était sur moi et me faisait l'amour sans adresse, je me suis ressouvenu de la scène que je viens de vous raconter et alors, pour la première fois, j'ai connu l'orgasme, il en était tout surpris et moi aussi. Par la suite, j'ai compris que pour atteindre le plaisir, je devais m'imaginer, pendant qu'il me pénétrait, qu'on *me regardait*. Je pris prétexte de son anniversaire pour lui faire un strip-tease, lumière et musique douce, mais il ne répondit pas à mon désir d'être vue, il me communiqua sa gêne et ce fut un fiasco. Nous eûmes un fils qui a cinq ans maintenant, je finissais mes études, devint professeur et gardais secret mon désir. L'an passé, cherchant sur le Net des explications médicales ou psychologiques à l'exhibitionnisme, je tombais sur le site que Sam avait créé, des groupes proposaient en petit comité d'associer ceux qui voulaient voir et ceux qui voulaient être vus. Mais vous connaissez cela…

Je pris contact et fus conviée dans un loft de l'East Side. J'étais partagée entre le désir et la crainte, mais la frustration était telle que je voulais enfin vivre ce à quoi je pensais depuis quinze ans. Il y avait un couple et quatre hommes, un très jeune, un plutôt vieux et deux autres avaient la trentaine. Nous étions tous un peu coincés. L'homme le plus âgé nous fit nous déshabiller, puis tous nus, on se retrouva comme dans un cocktail, discutant un verre à la main. La nudité était banalisée, on ne se regardait que dans les yeux et j'étais déçue. Je n'avais pas ressenti le plaisir passé et je rentrai retrouver mon fils et mon mari. Pourtant, je continuais régulièrement de visiter le site, de regarder les annonces de groupes thématiques. Une semaine plus tard, je renouvelais l'expérience. Cette fois, la réunion était dans un appartement de la 42$^{\text{ème}}$ rue ouest, il y avait six couples et j'étais la seule femme seule. Le couple qui nous recevait nous fit nous installer dans une assez grande pièce que vous connaissez je crois, dans des fauteuils, des canapés qui entouraient, au centre de la pièce un tapis de Boukhara rouge. Entra une femme nue et couverte d'un masque vénitien. C'était Lilly que je voyais pour la première fois. Elle marchait entre les sièges, lentement, touchant le cuir d'un fauteuil du bout des doigts, replaçant une mèche. Tous et toutes la regardions, je réalisais que je venais de trouver ce que je cherchais depuis si longtemps, je voulais être à sa place. Elle alla se placer au centre du tapis et ondula lentement sur une musique de relaxation, la beauté de son corps me paraissait irréelle, l'exposition de cette beauté un plaisir tragique. Elle sorti et on ne la revit pas : elle avait installé la magie. La musique cessa, il y eut quelques applaudissements qui parurent incongrus et qui cessèrent aussitôt.

Le maître de maison offrit des alcools et je pris un Cognac dans un grand verre. Le couple très jeune, vingt ou vingt-deux ans au plus, beau, sain, vint prendre la place de Lilly au centre du tapis. Une musique de même nature, jouée sur une flûte de Pan commença. Un couple se déshabilla. La jeune femme déboutonna la chemise de l'homme, la retira. Son torse était sculpté par le sport, ses muscles saillaient. Il déboutonna la robe et elle se trouva avec un soutien-gorge et un string blanc en dentelle. Elle défit la ceinture, il se trouva en caleçon, qu'elle fit descendre. L'homme nu était vraiment beau, je n'avais jamais vu un corps d'homme aussi beau qui se laissait regarder. Je n'avais vu mon mari qu'à la dérobée mais jamais il ne s'était exposé. La femme dégrafa son soutien-gorge, ils dansèrent dans les bras l'un de l'autre. L'homme passa ses mains dans l'élastique du string qu'il fit glisser sous les fesses de la femme, puis elle s'en débarrassa en le faisant descendre avec la main et relevant tour à tour chaque genou. On ne la voyait que de dos parce qu'ils dansaient. Elle lui caressait le dos et les fesses. Elle glissa à terre s'allongeant sur le dos, un instant je lui vis le sexe. Lui bandait et cela me gênait tout en m'attirant. On est souvent gêné par les désirs que l'on ne partage pas… Il se mit sur elle et ils s'accouplèrent devant nous. Elle avait les pieds qui se rejoignaient sur les reins de l'homme qui bougeait en elle. Elle souffla et râla, ils s'apaisèrent, se relevèrent, reprirent leurs vêtements et sortirent. Ils revinrent bientôt et furent applaudis. Ils souriaient. Un autre couple les remplaça. La femme ôta son tee-shirt, elle n'avait rien dessous, ses seins étaient comme deux œufs au plat. Elle ôta son pantalon et sa culotte et s'allongea sur le dos les genoux relevés. D'où j'étais je voyais ses épaules et comme je voulais voir son sexe, je me levais pour changer de place. On me regarda et j'en frissonnai. L'homme resté habillé, s'agenouilla au pied de la femme, je ne voyais plus rien d'elle. Il lui écarta les genoux et glissa sa tête entre les cuisses. Très vite elle gémit, grogna, resserra les genoux et cria. Ils se relevèrent, elle l'embrassa sur la joue et fit une caresse sur la braguette de l'homme. Elle se rhabilla et ils reprirent leur place sur un canapé.

Poussée par mon désir, ne pouvant pas y résister, mais vraiment poussée, le cœur battant j'allai sur le tapis, ouvrit mon corsage, fit glisser ma jupe, ôtait mes sous-vêtements. Je tremblais comme si j'avais froid. Je restais là, debout et enfin nue, les pieds légèrement écartés, les mains ballantes. Il n'y avait pas de musique, j'étais comme une statue, je voyais les yeux qui étaient sur moi, et je sentais mes cuisses se mouiller. Comme je ne bougeais pas, un homme, puis deux, puis tous les spectateurs se levèrent et tournèrent autour de moi pour me voir de face, de dos. Je sentais monter mon plaisir, je me mis à pleurer doucement, puis en sanglots. Alors, je pris mon sexe dans ma main, le pétris serrant mes lèvres très fort et je jouis. Je pleurais fort maintenant, et je m'assis sur le tapis. Je pleurais, la tête sur le poing, le coude posé sur mes genoux. L'hôtesse vint vers moi, posa mon chemisier sur mes épaules, m'aida à me relever. J'étais partagée par la honte et le bonheur. Elle avait ramassé mes vêtements et me conduisit, derrière un paravent dans une pièce attenante. Elle sécha mes larmes, me serra dans ses bras comme on console un enfant. Je me rhabillais et nous parlâmes. Je lui dis tout ce que je viens de vous dire, elle me souriait, ne me jugeait pas. Elle me demanda si je voulais revenir et si je voulais que je sois *programmée*. J'avais eu tellement de plaisir à m'exhiber mais tant de honte à avoir jouis… Elle me laissa libre de ne pas répondre, mais je l'appelais dès le lendemain. J'étais rentrée chez moi avec mon secret, réalisant difficilement que ces mondes se côtoyaient. Je ne voulais plus vivre dans l'un, voulant l'autre, sachant maintenant qu'il existait. Elle me proposa de revenir le surlendemain.

Quand j'arrivai, seuls les hôtes étaient là. La femme me dit que l'on n'attendait personne et je fus déçue, inquiète à l'idée que j'étais tombée dans quelque piège mais vaguement rassurée par la confiance qui s'était installée entre nous. L'homme m'offrit un Cognac et nous allâmes dans la pièce aux spectacles. L'homme se carra dans un large fauteuil et alluma un cigare. La femme était debout à son côté. Sans qu'ils ne disent rien, je me déshabillai et me mis au centre du tapis, debout, jambes légèrement écartée, les mains ballantes, figée. Les yeux de l'homme allaient de mes yeux à ma poitrine, à mon sexe.

« Tourne-toi ! » dit-il.

Je me retournai puis restai figée lui tournant le dos. Le plaisir montait d'imaginer ses yeux sur mon cul. Alors, sans que j'y sois incitée, je me mis à marcher un peu, me détendant. Tournant, soucieuse d'être vue de tous côtés. Prenant confiance, je m'assis sur le tapis, écartai bien les jambes, m'appuyant sur les coudes. Je pris des poses, relevai les genoux pour les entourer de mes bras, et posai ma tête sur mes mains. Je ne pris pas garde au temps qui passait.

La femme m'invita à me lever. Nous changeâmes de pièce, j'étais restée nue. Elle me fit asseoir devant un poste de télévision, nous étions toutes les deux, l'homme ne nous avait pas rejoint. Le poste s'éclaira et je vis le film qui venait d'être pris de moi, sans que je le sache. Me voir ainsi, même et autre était une expérience nouvelle, me voir me plaisait. Je voyais mon dos, mes fesses pour la première fois. Je les découvrais plus grosses que je ne croyais, mais belles et fermes. Mes seins lourds ne me gênaient plus. Je voyais un peu mon sexe, assise, cela me plaisait. Vers la fin du film, comme mes chevilles étaient croisées sur lui, je ne le voyais pas alors que j'avais choisi cette position pour le dévoiler aux yeux de l'homme. J'étais déçue et comprenais qu'il fallait un peu d'entraînement. Elle me proposa de me guider et devenue confiante, j'acceptais. »

On nous porta des plats, elle se tut pendant que les serveurs étaient près de nous et reprit.

« Elle me demanda si je voulais voir le film de la dernière fois et nous le vîmes ensemble, il était très court, mais il y avait un érotisme discret dans mon inertie qui me rappelait mon attitude avec les garçons dans les toilettes. J'étais statue livrée aux regards. Elle me demanda encore si j'acceptais que ce film soit montré à un couple qu'elle connaissait, je fis *oui* de la tête (c'est comme ça que j'ai rencontré plus tard Sam et Lilly). Nous retournâmes sur le tapis et je pris, avec son aide, une meilleure conscience de mes mouvements. Elle me proposa de prendre des poses sur les fauteuils, les canapés. J'aimais le contact du cuir froid se réchauffant au contact de ma peau. J'aimais poser les lèvres de mon sexe sur le bras des fauteuils, y laisser une trace humide. Puis, sans qu'elle ne m'y invite, assise dans un large fauteuil, je glissai mon dos sur un des bras, mes jambes sur l'autre, puis une des jambes par dessus le dossier. J'aimais que l'on vît mon sexe. La femme s'approcha et me le toucha de ses doigts, aussitôt je fermai les jambes et m'excusai. Décidément, autant j'aimais être regardée, autant il m'était difficile d'en faire davantage.

Je me rhabillai, nous prîmes le thé, tout paraissait facile. J'avais souffert de me croire anormale, je me rassurais à constater que je n'étais pas seule et que ceux que je venais de croiser n'étaient pas fous.

Autant que je le pu, je revins souvent dans les semaines qui suivirent. J'acquis la sérénité qui m'avait manquée la première fois. Comme j'avais vue les autres femmes épilées, je me rasai les lèvres et ne laissai qu'une courte bande de poils sur mon pubis. J'avais une préférence pour les publics d'hommes ce qui n'était pas difficile à trouver, ils font la grande majorité des contacts sur le site. Je les trouvais toujours captés et j'aimais leurs regards. Les femmes avaient le regard qui jugeait et je connais les imperfections de mon corps ; sur elles, la magie ne jouait pas toujours. Je tentais parfois de les provoquer en rendant plus dures mes exhibitions. Il m'arrivait de m'introduire devant elles un petit godemiché de métal brillant, mais cela coupait mon plaisir et était sans effets sur elles qui volontiers, faisaient l'amour devant tous.

Peu à peu, j'espaçais mes participations, j'avais eu le désir d'être vue, je l'avais été, j'étais satisfaite. Une fois, alors que je m'étais donnée plus que de coutume, j'étais couverte de sueur devant un public de mâles qui m'encourageaient, j'avais été applaudie comme une actrice, la dame me glissa une enveloppe qui contenait trois-cents dollars. Je restai alors plusieurs semaines sans répondre aux invitations. J'avais fait tout ça pour mon plaisir et je me disais que j'étais dans un tourbillon qui pouvait m'entraîner. Il m'aurait suffit que mon mari acceptât d'être mon complice pour que jamais je ne participe à ces réunions, mais hélas, tout n'est pas comme on le désire. Avec lui, mon plaisir venait au moins autant des images de mes escapades secrètes que des gestes réels de nos accouplements. Ce qui me procura beaucoup de plaisir, un temps, c'était, quand il me faisait l'amour, de me repasser le film qui avait été tourné de moi en pensant qu'à cet instant, un couple inconnu me voyait aussi.»

« Mais maintenant vous faites des spectacles avec lui ?... » demanda Marie.

« Non, je ne lui ai jamais parlé de ça !... Ah !, vous parlez d'hier... Non, c'est un acteur, je l'ai connu par l'intermédiaire de Sam, je remplace sa partenaire de temps à autre, juste pour entretenir mon stock d'images. »

Marie n'avait pas commencé à manger, elle avait écouté la jeune femme avec l'apparence du plus grand intérêt. Je me disais qu'à la place de ce mari, je n'aurais pas été aussi coincé et, faisant le parallèle, je me disais que, comme elle, j'attendais de ma femme une plus grande participation à mes désirs.

« Et vous ne lui avez jamais rien dit ?... »

« Qu'aurait-il voulu comprendre ? Il a pour lui le poids de la morale et de la tradition officielle. »

« Et lui, a-t-il des désirs particulier, vous les dit-il ? »

« Et vous, en avez-vous ? Les dites-vous à votre mari ?... »

Silence.

« Je crois que malheureusement les couples ne se forment pas sur la base des fantasmes ! Alors on renonce à soi ou on renonce à son couple... ou on tente de vivre les deux. »

« S'il vous le demandait, vous feriez l'amour avec un homme devant lui ? » repris Marie.

« Il ne me le demandera pas ! Mais j'aimerais qu'il le fasse et j'aurais plaisir à le combler. Je veux dire que j'aimerais lui accorder ce qu'il me demande, quoi que ce soit. »

« Mais s'il vous l'avait demandé, auriez-vous eu du plaisir à le faire ? »

« Je vous ai répondu, non, ce n'est pas de m'accoupler avec un autre homme qui me ferait plaisir, mon mari me suffit, mais c'est de combler le sien qui m'en donnerait... Alors oui, s'il me l'avait demandé j'aurais eu du plaisir à le faire.»

« Et dans les...spectacles que vous animez, avez-vous fait l'amour avec des inconnus ? »

« Faire l'amour,...non. Mais j'ai été baisée quelques fois. Je vais vous raconter la première fois, la première fois où j'allais coucher avec un autre homme que mon mari. La dame m'avait proposé de faire l'amour en très petit comité, sur un lit, dans une chambre et après avoir vaincu quelques réticences à l'idée de tromper mon mari, j'avais accepté *pour voir*. Je voulais savoir jusqu'où je pouvais aller, je voulais savoir si une niche de plaisir n'était pas là. Le rendez-vous était dans un luxueux hôtel de la Cinquième, la dame m'attendait dans le lobby. Elle me conduisit dans une suite où nous accueillirent trois Japonais puis elle parti en me disant que tout irait bien. Ils étaient un peu plus petits que moi, les pièces étaient dorées, meublées à l'européenne, j'étais dans l'irréalité et comme c'était Sam qui m'avait proposé cette expérience, je souhaitais la vivre. Je ne suis pas habile à faire des strip-teases, alors je me déshabillai simplement, posant sagement mes vêtements sur le dossier d'un fauteuil. Les hommes étaient habillés, en chemise blanche et cravate, parlaient entre eux dans leur langue, ils riaient, ils me regardaient, et comme ils étaient totalement étrangers, cela me procura un très doux bonheur. Ils me firent asseoir et je pris un Cognac. Celui qui parlait le mieux notre langue me demanda d'ouvrir les jambes et le verre à la main, je passai une jambe sur le bras du fauteuil sans bouger l'autre. Je bus un peu en le regardant dans les yeux. Ils firent encore des commentaires en japonais. Il me fit me lever, marcher, aller à la fenêtre. L'un d'entre eux avait commencé de me photographier, surtout de dos car il semblait ne pas oser le faire quand je le regardais. J'étais sur un nuage. Ils me firent aller à la salle de bain, très grande, lumineuse, aux robinets dorés. Il y avait une baignoire qui pouvait faire jaccusi, ils m'y firent entrer et me demandèrent de prendre une douche, je me douchai, c'était bon. Celui qui parlait bien me demanda d'uriner et debout, je me mis à pisser. Il mit la main sous le jet en riant. Je trouvais ça très bon. Puis on alla à la chambre. Ils me demandèrent de m'allonger sur le lit qui était immense, plus grand que les king-size que je connais. Je me mis sur le dos. Ils me demandèrent de me caresser et je passai mes doigts sur le bout de mes seins puis sur mes lèvres, mais comme cela ne me faisait rien et que je ne pensais pas à simuler le plaisir, ils firent silence et j'arrêtai. Ils étaient assis près de moi sur le lit mais ne me touchaient pas encore. L'un, qui était à ma droite me palpa les seins et je le regardai. Je senti qu'un autre qui avait posé sa main en haut de ma cuisse gauche cherchait à toucher mon sexe, alors, sans regarder de qui cela venait, je relevai les genoux et les écartai le plus possible. Comme j'étais très mouillée, il glissa aussitôt des doigts en moi, je rapprochai les talons de mes fesses pour m'ouvrir encore davantage. Je tournai la tête pour le voir, il ne me regardait pas, il regardait mon sexe et ses doigts le pénétrant, concentré sur son geste. Cela me permit de voir le troisième, celui qui parlait bien l'anglais, il était tout nu, son petit sexe était droit et il y mettait un préservatif. Les deux autres se mirent sur le côté et celui là se mit sur moi. Son sexe était petit et il entra dans moi instantanément, je ne sentais pas grand chose. Sa tête était posée entre mes seins qu'il tenait dans chaque main et moi je regardais alternativement les deux autres qui regardaient avidement. Le plaisir aurait pu venir car l'idée que l'on me baisait et me regardait en même temps était un désir ancien enfin réalisé, mais l'homme grogna et se retira comme je commençais seulement à ressentir. Je n'avais jamais utilisé de préservatif et je n'avais pas aimé le contact du caoutchouc. Je restais comme ça, les cuisses écartées, sans bouger pendant que les deux autres se déshabillaient. Comme ils se couvraient de caoutchouc, je dis que je ne voulais pas de préservatif. L'homme qui parlait l'anglais traduisit. Ils parlèrent entre eux, je refermai les jambes et me redressai sur les coudes. Finalement, un second retira le caoutchouc et vint vers moi. Je m'allongeai de nouveau, écartai les jambes et il me prit encore rapidement avant que je ne ressente quoi que ce soit, seulement heureuse du plaisir du dernier qui me regardai dans les yeux. Je lui souris pendant que son collègue s'agitait en grognant dans moi, mais mon sourire lui fit baisser les yeux. A son tour, il vint jouir rapidement en moi, sans me regarder, son visage contre ma poitrine. Je n'avais pas senti grand chose et j'avais envie de rire. Je me levai pour aller à la douche, mes cuisses étaient mouillées, des gouttes de sperme coulaient sur les tapis, j'aimais sentir ces humeurs couler de moi. Je mis les doigts sur mon sexe pour sentir le sperme qui coulait et j'en étais flattée. L'homme qui venait de me baiser ne me regardait pas, il alluma une cigarette blonde. Dans la salle de bain, le premier qui m'avait prise se coiffait devant la glace, il avait revêtu un habit d'intérieur de son pays, une sorte de kimono, le second était dans la douche. Je n'attendis pas qu'il en sortît, y entrai et dirigeai le jet sur moi, me savonnant et restant sous le jet très chaud. Je senti qu'une main me savonnait le dos et je dis *merci*. Le troisième entra avec une odeur de cigarette. Il était le plus petit des trois et avait un petit ventre rond, il devait avoir l'âge de mon père. Je retournai dans la chambre et allai à la fenêtre. Comme le soir tombait, je regardai les feux des voitures qui traversaient Central Park. Je me disais que peut-être des yeux anonymes me regardaient. Je pris une cigarette, je tirai une fois et l'écrasai. Les trois hommes parlaient. Ils revinrent, douchés et vêtus à la japonaise. Celui qui parlait l'anglais me dit qu'un repas avait été commandé et si je voulais quelque chose de particulier je pouvais le demander. Je demandai qu'on porte du Cognac. Je restai nue, marchant entre eux, ils osaient un peu plus me regarder maintenant. Je m'assis sur mes talons dans un fauteuil les genoux à l'horizontale et pris une revue écrite en japonais. Les photos étaient très belles, l'écriture mystérieuse. On sonna, c'était le repas poussé sur un plateau par un homme âgé et une très jeune fille. Je posai la revue et levai la tête, mais ne me cachai pas. L'homme, professionnel fit comme si tout était normal, mais la jeune fille sursauta de surprise ou de gêne en me voyant. J'étais contente de lui donner des souvenirs. Ils avaient commandé des choses japonaises qu'il fallait manger avec des baguettes. J'essayais mais la nourriture tombait et cela nous faisait rire. Alors, ils me nourrirent tour à tour de riz et de poisson cru. Je bu deux ou trois verres de Cognac, j'étais très détendue. Ils burent aussi et riaient plus fort. Je pensai à l'heure, mon fils et mon mari allaient m'attendre mais je ne voulais pas partir. Ils fumèrent chacun une cigarette pendant que je sirotais mon verre. Enfin, l'homme qui parlait bien l'anglais me demanda de retourner sur le lit. Je pensai vraiment à l'heure et je failli leur dire que je ne pouvais rester, mais j'allai m'allonger. Ils firent glisser leur sorte de kimono, ils étaient tout nu dessous. Comme ils venaient près du lit, naturellement j'écartai les jambes. Deux me massèrent les genoux et le troisième revint avec quelque chose dans la main. Comme il l'approchait de moi, je regardais et vit un objet blanchâtre en plastique en forme de sexe d'homme qu'il me mit dans le vagin. Il fit quelques mouvements et puis le truc se mit à vibrer. Je fus si surprise que je lâchai un peu d'urine sur la main de l'homme. Il retira sa main et moi je retirai l'appareil. C'est bête, mais je n'avais jamais vu de vibromasseur avant... J'allai pisser et revint m'allonger. L'homme qui m'avait introduit l'objet se mit sur moi et chercha à me faire jouir. Il allait et venait en moi, comme il avait joui avant, il pouvait attendre et je reçu cette caresse comme une gentillesse, mais si j'étais bien, l'orgasme ne venait pas. Je ne me sentais pas coupable, j'étais attentive aux caresses, mais rien ne venait. Il se retira, laissant la place à un autre. L'idée de passer d'un homme à l'autre me plut beaucoup. Il s'installa sur moi et pistonna à son tour sans effet. Il se retira, me fit mettre sur le ventre, me fit m'agenouiller puis à quatre pattes. Ainsi, il me reprit, c'était doux et je fis glisser ma tête sur le lit, les fesses levées, me laissant faire. J'étais en dessous de l'orgasme, mais c'était bon, ça durait longtemps. Mais je ne réagissais pas par des bruits ou des gestes qu'aiment les hommes, ils pensaient donc que je n'appréciais pas, mais c'était faux, j'aurais pu passer des heures ainsi. Mon sexe ruisselait. Comme ils pensaient que je ne sentais rien, il cessa de bouger et tout en restant en moi, je senti qu'il m'enduisait le derrière de crème, il introduisit son pouce sans sortir son sexe. S'il était resté comme ça, je crois que j'aurais jouie, mais il se retira, me fit m'allonger, se mit sur mon dos et entra son sexe dans mon anus. Il me fit un peu mal, mais je le laissais faire. Il déchargea rapidement sans se retirer, les deux autres le suivirent. J'avais été bien et j'aurais aimé que ça dure encore, mais j'attendais toujours l'orgasme. J'allais me doucher, me recoiffer. Je vis qu'il était dix heures et décidai de rentrer. Sagement, mais devant eux, je remis ma culotte, mon soutien-gorge et ma robe, dit à celui qui parlait l'anglais que je devais partir et je me sauvai. Celui qui parlait l'anglais me remit une enveloppe. Dans l'ascenseur, je vis qu'elle contenait deux mille dollars, un mois de salaire : ils m'avaient pris pour une prostituée et loin de m'indigner, j'en ressentais de la fierté et un plaisir supplémentaire. Je venais pour la première fois de *tromper* mon mari, trois hommes m'avaient baisée, on m'avait mis un vibromasseur dans le vagin et j'avais été pour la première fois et par trois fois sodomisée, je me disais que pour un début ce n'était pas mal. J'inventai une histoire de copine à consoler pour expliquer mon retard dans le taxi qui me ramenait. Mon mari était couché, il lisait mais je lui fis comprendre que j'avais envie de lui et à peine fut-il en moi que je partis dans un orgasme qui me fit crier au point qu'il me mit la main sur la bouche me reprochant de risquer de réveiller notre fils.

Il y eu d'autres fois. A chaque fois, de retour chez moi, j'avais beaucoup de plaisir avec mon mari toujours en surimposant les images de moi avec l'inconnu que je venais de quitter, aux sensations directes que je recevais. Je n'ai jamais eu de plaisir autrement. Enfin, pas encore...»

Avec l'argent qu'il m'arrivait de recevoir, j'avais plaisir à offrir un peu de luxe à mon mari, je ressentais du plaisir à savoir d'où venait l'argent comme à savoir qu'il l'ignorait.

Elle mangea un peu, Sam et moi avions fini, nous avions été étrangers à l'échange.

« Je vous ai parlé de moi, et vous, qu'est-ce qui vous fait rêver ? »

« Rien de tout ça, je crois, … je dois être très simple, c'est peut être moi l'anormale… »

« Je crois bien que vous avez des rêves secrets, peut être ne le savez-vous pas…Vous êtes venue hier, était-ce seulement pour faire plaisir à votre mari ? »

« Oui, bien sûr ! »

« Et ça ne vous a pas plu ? »

« Si, j'ai trouvé que c'était beau. »

« Et ça vous a excité ? »

« Je ne veux pas parler de ça… »

Marie devenait mal à l'aise et comme Sam l'avait senti, il changea de sujet.

# VI
# Dialogue.

En rentrant, Marie dit le malaise qu'avait suivi l'exposition par Gwen de ses désirs et de ses actes. Elle se disait pudique et incapable d'en faire davantage que ce que nous avions déjà fait ensemble. Je l'assurai que je n'avais pas prémédité ni le spectacle d'hier, ni le déjeuner d'aujourd'hui et que je n'avais pas de plan pour la contraindre à quoi que ce fut. Elle me demanda quel était le sujet du film dont Sam avait parlé et que je n'avais pas voulu lui montrer et je répondis que ce n'était pas facile à raconter mais que si elle le voulait, je le lui montrerai. Elle le voulu, durant la projection elle ne dit rien mais je la senti tendue, peut être en colère. Elle se voyait pour la première fois. Je me disais que j'étais sans doute allé trop loin dans la satisfaction de mes désirs et que j'allais en payer le prix. Le film s'acheva sur le visage fixe de Marie, la bouche ouverte au moment ou elle avait été pénétrée pour une fraction de seconde.

« Tu savais que c'était filmé ? »

Le ton était acide, je m'attendais à un éclat.

« Non… »

« Qui l'a vu ? »

« Sam, Lilly, nous, je ne crois pas qu'il y en ait d'autres, Gwen peut être parce qu'elle en a parlé, mais peut être est-ce Sam qui le lui avait demandé. »

« Et si j'avais été jusqu'au bout, tu ne crois pas que tu serais torturé ? »

« Non, je te l'ai déjà dit, tout est possible quand je le sais : ce sont de tes mensonges dont j'ai souffert, pas de tes actes. »

« Je ne te crois pas… Je ne comprends pas le plaisir qu'il peut y avoir à me voir baiser avec un mec.»

« Mais il ne s'agit pas de comprendre, je ne *comprends* pas non plus, je sens que j'en ai envie, c'est tout. Si tu as envie de fraises, tu ne te demandes pas à comprendre pourquoi. »

« Ce n'est pas la même chose… »

« Non, mais tu comprends ce que je veux dire. »

« Tu veux vraiment que je le fasse ? En public ? »

La discussion prenait un tour auquel je ne m'attendais pas, et comme à chaque fois que nous avions parlé de mes désirs, mon cœur se mit à battre vite et ma bouche devint sèche.

« Non, pas forcément en public, plutôt dans l'intimité. »

« Et comment tu vois ça ? »

« Je ne sais pas dans le détail, mais il y a deux possibilités, ou bien tu choisis un partenaire, ou bien j'en trouve un. »

« Et après ? »
« Après on verra. »

« Non, je veux savoir à quoi tu penses. »

« Je pense à beaucoup de choses…Tu pourrais nous faire un strip, puis danser avec lui et vous feriez l'amour… »

« Et toi tu regarderas ? »

« Des fois j'y pense, me mettre dans le fauteuil et vous regarder, ou venir près de toi et te regarder dans les yeux de près. Des fois je pense que je pourrais te caresser pendant qu'il te prendrait, puis que je te prendrais après lui. »

« Tu ne serais pas dégoutté ? »

« Non, ça, je crois que j'aimerais le faire. »

« … Moi, il y a quelque chose que j'aimerais… »

C'est comme si la foudre m'avait touché. Je croyais être le seul à rêver, elle aussi ? Je me fis plus tendre pour l'inviter à en dire davantage.

« J'aimerais te sucer pendant que je fais l'amour… J'aime la prendre dans ma bouche, tu le sais bien, mais pour jouir il faut bien que tu entres en moi, et je suis un peu frustrée… »
« Je suis d'accord ! »

« Tu crois ? Un rêve peut rester un rêve… »

« Il vaut mieux avoir des remords que des regrets, il sera plus facile d'avoir des remords de l'avoir fait que de regretter de ne l'avoir pas fait. »

« Mais je ne suis pas prête à être pénétrée par n'importe qui… »

« Qu'est-ce que ça peut faire ?, c'est nous qui faisons l'amour, l'autre n'est qu'un accessoire. »

« On ne peut pas dire ça. »

« Tu as d'autre rêves ? »
« … »

« Tu ne réponds pas ? »

« C'est que… C'est difficile ? »

« Dis moi dans l'oreille… »

« Je voudrais … que tu m'encules... »

« Mais pourquoi tu ne l'a jamais dit ? »

« J'espérais toujours que tu en prendrais l'initiative, j'ai honte d'en parler, mais j'ai envie de savoir ce que l'on ressent par là. J'ai aussi peur d'avoir mal. »

« Moi aussi j'aimerais bien essayer, mais je n'ai pas osé te le demander. »

Elle éclata de rire.

« On est bien deux andouilles ! »

Alors, avec douceur, après l'avoir bien lubrifiée avec de l'huile d'olive, je l'enculai, surpris d'entrer si facilement. Elle se raidi me dit « doucement ! », puis j'entrai tout à fait, très doucement et j'attendis un peu qu'elle se détende pour bouger et ce fut très bon. Au réveil, elle se câlina et me dit à l'oreille :

« Je te sens encore »

« Tu as aimé ? »

« C'est différent. Je ne crois pas pouvoir jouir comme ça mais j'aime bien la sensation pendant l'acte. Il ne faudrait pas ne faire que ça, mais il faut recommencer. »

L'après-midi du dimanche, à la sieste je lui proposai un massage. Elle s'allongea sur le ventre, le lit couvert d'une grande serviette éponge et j'enduisis mes mains d'huile parfumée à l'orange. Massant les pieds, les orteils, les mollets, les cuisses, les fesses, je versais de temps à autre un peu d'huile pour ne pas avoir les mains sèches. J'en versai un peu entre ses fesses et entrai un doigt bien huilé dans son anus sans qu'elle ne se crispe pas. Je continuai par le dos, les épaules, le cou. D'habitude, alors elle se retournait pour que je fasse l'autre face, mais comme elle ne bougeait pas, je me mis sur elle et l'enculai doucement. Elle se tendit encore un peu mais sans rien dire. Je restai quelques instants sans bouger et me retirai. Je la retournai et repris le massage du ventre et des seins, puis je me mis sur elle et nous fîmes l'amour.

# VII

# Après l'hôpital.

Le mercredi suivant j'eu un message de Lilly, Sam avait été hospitalisé pour des difficultés respiratoires. Sa maladie évoluait inexorablement. J'y allai l'après-midi. Lilly était à ses côtés, il paraissait très fatigué, un tuyau souple allait de la bouteille d'oxygène à ses narines. Il sourit un peu en me voyant entrer, Lilly se leva, m'embrassa et me serra dans ses bras. Après quelques mots d'usage, Sam se mit à parler de son travail, mais pas de ce qu'il avait déjà publié, des voies dans lesquelles il fallait engager la recherche future en physique théorique. Il dit tout l'espoir qu'il mettait dans le projet ITER et son inquiétude face à la surpopulation de la planète, à l'avenir d'Israël. Pas un mot sur ce que nous avions partagé autrement, comme si, sentant proche le départ, il revenait à l'essentiel.

Le samedi, Lilly m'envoya un autre message, Sam sortait le lendemain matin et elle souhaitait nous avoir, Marie et moi pour l'accueillir chez lui.

Quand nous arrivâmes, Lilly nous ouvrit et nous conduisit au salon. Elle avait les cheveux tirés en arrière et tenus par un chignon serré, elle portait une stricte robe de toile noire boutonnée sur le devant et serrée à la taille par une ceinture du même tissu. Deux hommes étaient assis qui se levèrent à notre entrée, un blond assez trapu et un grand noir du genre basketteur, crâne rasé, muscles en long. La dame balinaise servait du café et du thé. Mark Saul entra par la porte du couloir et fit signe à Lilly qui le suivit. Pendant ce temps, comme on sonna à la porte la dame balinaise alla ouvrir et introduisit trois personnes, Gwen et deux hommes que je ne connaissais pas. Lilly revint seule et fit les présentations.

« Sam devrait être là vers onze heures, il va bien mais est encore fatigué, il ne sait pas que vous êtes là, le mieux est que vous alliez vous installer rapidement. Marie me regarda, interrogative et je répondis par un haussement d'épaules d'ignorance. Nous allâmes dans la petite pièce équipée comme une salle de spectacle avec la douzaine de profonds fauteuils où nous étions allés la première fois voir la vidéo des prises de vues de l'exposition. L'estrade avec les deux marches avait été enlevée et à la place, sur la gauche une table de bois blanc, solide et étroite, sur la droite, un guéridon et un tabouret. Le grand noir s'assit au premier rang, Lilly, la dame balinaise et le jeune homme blond, près de la table, parlaient bas. Derrière le guéridon, Mark avait revêtu le costume de bunraku mais avait la tête nue. Le trio se plaça au second rang et nous au troisième.

« David, Marie, mettez vous devant » nous dit Lilly et nous nous déplaçâmes pour occuper deux fauteuils libres du premier rang. L'écran était caché par des rideaux sombres et soyeux. Lilly regardait sa montre chaque minute. Entra alors un très jeune homme vêtu de noir comme Mark, il portait une caméra montée sur un pied. Sur un signe de Mark, il alla la disposer derrière le dernier rang des fauteuils, se couvrit le visage du masque de bunraku, devenant invisible et attendit. La dame balinaise, aidée de l'homme blond étendit sur la table une couverture épaisse qu'ils recouvrirent d'un drap clair. Sur le guéridon elle posa un vase de fleurs et une petite trousse de toilette. Le téléphone de Lilly sonna doucement, elle dit deux mots et le reposa.

« Il arrive. »

Le grand noir qui était à côté de moi se leva et suivit de l'homme blond, passa derrière les tentures. Mark mit son masque noir, pris la caméra qui était à ses pieds et que je n'avais pas encore remarquée et vint s'asseoir à côté de moi. Lilly sorti. Derrière nous, la femme brune chuchotait. Bientôt, on entendit parler dans le couloir et Sam entra poussé par Lilly qui souriait. Sam semblait très bien, il souriait aussi. Elle approcha le fauteuil du premier rang, Sam voulu s'extraire du fauteuil, Lilly l'aida et il s'installa dans le quatrième fauteuil à côté de

Marie. Lilly l'embrassa sur la tempe et lui caressa furtivement le menton du bout des doigts puis sorti. La dame balinaise apparue de derrière le rideau, elle avait aussi passé le costume des acteurs de bunraku mais elle avait le visage découvert. La salle s'obscurcit, la scène éclairée faiblement par des lumières indirectes. La dame balinaise ouvrit la trousse qui était sur le guéridon et en sorti des objets de maquillage, une paire de ciseaux, un rasoir mécanique et quelques fioles.

La lumière sur la scène devint plus vive. Lilly entra, elle avait passé un kimono de soie noire, assez lâche et brodé de dragons rouges, jaunes et verts. Une fine ceinture noire le tenait, son visage était redevenu un masque, ce n'était plus la maîtresse de maison affable qui nous avait reçue mais une statue animée, comme une Galatée asiatique. Elle vint se placer debout face à nous, entre le guéridon et la table. La dame balinaise qui était devant le guéridon nous tournait le dos. Se déplaçant à peine, elle vint devant Lilly et dénoua la ceinture, fit glisser le kimono des épaules de Lilly et le posa plié sur le guéridon. Lilly ne portait plus que le cache sexe de soie crème, torsadé et tenu d'une chaînette que nous avions déjà vu dans le film donné par Sam. Lilly fit quelques pas, alla à la table dont elle fit le tour, de la main droite elle ôta un pli sur le drap et revint à sa position initiale. On avait pu la voir de profil  et de dos, la torsade lui passait entre les fesses qu'elle laissait nues. La dame balinaise déclipa la chaînette et enleva le pagne qu'elle posa sur le kimono. Elle prit sur le guéridon la paire de ciseaux et entrepris avec précaution de couper les poils noirs de Lilly qui gardait le regard au loin, indifférente. Quand ils furent ras, elle reposa les ciseaux, sorti d'un tube un produit qu'elle mit sur ses doigts et dont elle frotta le pubis de Lilly. Une mousse apparu sous les doigts et la dame balinaise, prenant le rasoir à manche, se mit à raser. On entendait le bruit de la lame sur la peau, bientôt accompagné de la voix de Léonard Cohen :


*…her fingers like a river, quick and cool.*
*And the light came from her body,*
*And the night went through her grace…*

La dame balinaise, à genoux devant Lilly avait son pubis à hauteur des yeux. De sa main gauche elle lui fit écarter un peu les jambes pour que le rasoir puisse agir sans la couper. Puis elle posa le rasoir, essuya Lilly d'un linge blanc, mit une crème laiteuse sur un coton et en frotta la peau irritée par le rasoir. Le trait droit et fin des lèvres de Lilly se voyait maintenant nettement. Elle se releva et fit asseoir Lilly sur le tabouret. Elle prit dans sa trousse des accessoires de maquillage. Pour qu'elle puisse s'approcher, Lilly écarta bien les genoux. La dame balinaise se mit entre eux et lui maquilla les paupières puis les lèvres. Elle rangea ses accessoires et sorti.

Lilly se leva et fit, comme elle l'avait fait  peu de temps avant, quelques pas autour de la table et s'y arrêta. C'est alors que l'homme blond entra, il était nu, pas plus grand que Lilly, mais musclé. Il s'assit sur la table et s'allongea. Lilly le parcouru d'un regard neutre, puis elle alla vers la desserte pour prendre une fiole. On entendait toujours Cohen,

…where is my gypsie wife tonight?…

Elle fit couler de l'huile dans sa main et se lubrifia le sexe, reprit de l'huile et se lubrifia l'anus. Elle retourna à la table, passa le bout de ses ongles du haut du torse au bas du ventre de l'homme blond qui commençait à bander. Elle prit le sexe dans sa main gauche en le regardant, le prit dans sa bouche quelques secondes, puis y versant de l'huile, le lubrifia abondamment. Elle s'assit sur la table à son tour, s'y mit debout, enjamba l'homme en lui tournant le dos. Elle s'agenouilla, ses genoux entourant l'homme, le long de ses cuisses. Elle s'assit sur le ventre de l'homme, face à ses pieds et dans notre direction. Mark s'était levé quand la dame balinaise avait commencé de raser, mais comme il était entièrement vêtu de noir, on ne le voyait guère. Caméra à l'épaule, il filmait. Le sexe de l'homme touchait presque celui de Lilly, elle le prit dans sa main droite, le releva, se dressa sur ses genoux et avança jusqu'à ce que ses genoux soient contre ceux de l'homme. Elle tenait toujours le sexe de l'homme dans sa main droite, on la vit le placer entre ses cuisses,

71

elle se penchait un peu, puis s'aidant de la main gauche qu'elle passa derrière elle, elle se l'introduisit très doucement dans l'anus. De cela, j'étais certain, car d'où j'étais je voyais son sexe libre. Cohen chantait

*Say a prier for the cow-boy, is mare is run away... and the night is all wrong...*

Elle s'assit lentement contre l'homme, jusqu'à ce que la pénétration fut profonde, puis se penchant sur la gauche, elle releva son genou droit et allongea sa jambe droite contre la jambe droite de l'homme, enfin, se pencha de l'autre côté, elle fit de même avec sa jambe gauche. Elle se pencha vers l'avant, ses mains touchant la table et j'imaginais que la pénétration était ainsi maximale. Finalement elle se redressa et allongea son dos sur le torse de l'homme qui lui prit les seins puis les épaules. Elle posa ses mains sur la table et écarta assez les jambes pour que d'où nous étions, on puisse voir les bourses de l'homme collées contre ses fesses, et son sexe parfaitement glabre et parfaitement libre. Elle ne bougea plus quelques secondes, et comme commençait

*My Lady Dabanville, why do you look so still ?*

entra par la droite le grand Noir, suivant le rythme de la musique, tenant son sexe tendu dans la main droite. Il prit de l'huile dans la fiole et en enduisit copieusement son sexe. Il posa un genou sur la table, puis le second et s'appuyant sur les mains, il suça le bout des seins de Lilly qui écarta les genoux un peu plus. Il s'approcha d'elle, son sexe reposant sur le ventre de Lilly, il descendit le bassin et son sexe vint se mettre devant celui de Lilly. De la main droite, celle que nous pouvions voir, Lilly essaya de se glisser entre son ventre et celui du grand noir, mais n'y arrivant pas, elle essaya de passer au dessus de ses fesses pour guider le sexe en elle. Son bras était trop court, elle n'y parvenait pas. Alors l'homme noir se souleva un peu et elle glissa la main entre eux, écartant les jambes davantage. Elle se saisi enfin du sexe masculin, le mit juste à l'entrée de son vagin, l'homme l'avait senti et il s'enfonça. Je vis Lilly fermer les yeux fortement et se cabrer autant quelle le pouvait. L'homme blond lui tenait fortement les épaules. Elle retira sa main qu'elle posa la paume contre la table, puis lentement, elle se détendit, se laissant reposer sur l'homme blond. Enfin, elle posa ses mains sur les hanches de l'homme noir qui se mit lentement à bouger en elle. Il restait appuyé sur ses mains pour ne pas faire peser de son poids plus que son bassin. Je vis alors que Lilly regardait Sam et lui souriait et que ses yeux à lui pleuraient, sa bouche esquissant pourtant un sourire. L'homme noir bougeait toujours régulièrement, Lilly tournant la tête le regarda, posa ses mains sur ses fesses, releva un peu les genoux et se mit à haleter faiblement, puis plus fort. Elle dit des mots en chinois, puis prenant l'homme par les épaules elle l'attira sur elle et émit un cri plus grave. Elle laissa ses mains retomber sur la table. L'homme noir bougeait maintenant très vite, d'où j'étais, je voyais son sexe entrer et sortir presque complètement, puis ses fesses se contracter comme il se dressait sur ses mains pour s'enfoncer le plus profondément possible. Il grogna faiblement et resta figé une vingtaine de secondes. Enfin il se redressa, se retira très doucement, se mit à genoux sur la table, descendit. Lilly et lui se regardèrent en se souriant doucement. Il se pencha alors sur elle et lui embrassa le sexe comme elle lui passa la main sur la tête. Son sexe gluant débandait quand il nous fit face pour quitter la scène. L'homme blond n'avait guère bougé jusqu'alors. De son bras gauche, il entoura alors les seins de Lilly, et passant son bras droit sous lui, il fit glisser Lilly sur le côté puis la mit sur le ventre, restant en elle. S'appuyant alors sur ses mains, il se redressa. Lilly avait alors les jambes resserrées contre les siennes. On le vit se cambrer pour pénétrer le plus loin possible et il se mit à râler plusieurs secondes avant de s'affaler sur Lilly qui n'avait pas bougé.  Ils restèrent ainsi plus d'une minute, puis il se retira, se mit debout. Il avait des fesses d'homme, potelée et fermes, son sexe aux poils blonds, de retour au repos était couvert de sperme, il disparu derrière le rideau. Lilly restait sur la table, les fesses et le haut des cuisses couverts de sperme. Entra la dame balinaise qui en passant devant le guéridon repris le kimono. Elle s'approcha de la table, essuya grossièrement Lilly avec un linge, puis l'aidant à se retourner, la soutint pour qu'elle se relève. Lilly mit les pieds au sol et la dame balinaise lui posa le kimono sur les épaules et elles sortirent.

Il n'y avait pas de bruit, il fallait revenir lentement au monde profane. Je vis que Sam tenait Marie par le poignet et que ses larmes coulaient toujours sans bruit. On ne bougeait pas, comme quand on assiste à un rite inconnu et qu'on ne sait que faire. La musique de Léonard Cohen continuait. Peut être dix minutes plus tard, Lilly revint par la porte du couloir, habillée de la même robe noire que celle qu'elle avait eut pour nous accueillir. Souriante, elle vint s'asseoir sur les genoux de Sam et l'embrassa à pleine bouche, lui, de sa main droite lui écrasait le sein gauche. De ses doigts, elle effaça les traces de larmes des joues de son mari et toujours souriante l'aida à s'asseoir sur le fauteuil roulant. On se leva. Lilly poussa le fauteuil de Sam et on retourna dans le salon ou du Champagne était au frais dans une vasque remplie de glace. La dame balinaise qui avait changé de tenue ouvrit une première bouteille et empli les verres. Entrèrent l'homme blond et le grand noir. Sam très gai les fit asseoir. Ils prirent leur verre. Mark et son assistant tous deux en jeans bleus et tee-shirts blancs vinrent nous rejoindre. C'était devenu une réunion d'amis sans souvenir de ce miracle que nous venions de voir. Lilly riait, parlait, tout devait paraître normal. Sam porta un toast *lecHaïm !* « à la vie ». Il remercia pour le cadeau inattendu en mettant sa main sur la nuque de Lilly qui souriait de plaisir. A la mode américaine, on applaudit. Lilly essayait d'entamer une conversation avec Marie qui évitait son regard et ne s'engageait pas.

On fit ensemble un repas léger. Sam avait Lilly à sa droite, Marie à sa gauche, à la droite de Lilly était le grand noir, l'homme blond en face d'elle. Rien de scabreux pourtant dans cette proximité. Mark et son ami demandèrent la permission de partir, on savait qu'ils devaient travailler sur les prises de vues du spectacle. On buvait un peu et Marie éclata de rire à un mot que Sam lui glissa dans l'oreille. Je la regardai mais elle ne dit rien se contentant de sourire.

« Marie, j'aimerais vous voir nue » dit Sam. Aussitôt Lilly reprit :

« Oui, Marie, montre-toi à ton tour ! »

« …Je n'ai pas l'habitude… »

« Mais ma chère amie, c'est pour notre plaisir que nous vous le demandons » dit Sam en français. Avec ce que nous venions de vivre, dans l'ambiance, il n'était pas facile de refuser.

« J'ai une idée, vous allez vous faire raser comme moi » dit Lilly en s'adressant aux deux femmes.

Marie regarda Sam qui acquiesça de la tête et elle dit :

« OK ».

J'en étais tout abasourdi. Lilly se leva et revint avec la dame balinaise qui avait sa trousse avec elle.

« On reste là » dit Lilly.

Sam roula vers un meuble dont il ouvrit la porte, chercha parmi des disques et en glissa un dans le lecteur.

C'était Charlebois.

*J'courre les concours y paraît qu'j'ai toute pour...*

Sur ce rythme, Marie qui avait un peu trop bu, souleva sa robe et fit glisser sa culotte. J'étais tendu, ému, heureux. Elle ne me regardait pas. La culotte jetée par terre, elle déboutonna la robe.

*...j'ai toujours toute gagné mais ça m'a rien donné...*

On passa à

*Ça arrive à manufacture, les deux yeux fermés ben durs...*

Et elle fit tomber la robe vêtue de son seul soutien-gorge.

*...j'te watch, watch me...*

En voulant trop en faire, exagérant son déhanchement,  elle dégrafa son soutien-gorge, et comme par réflexe, en riant, elle se couvrit les seins des mains. Comme la musique changea, elle s'arrêta.

*Demain l'hiver, je m'en fous, je m'en vais dans le sud au soleil...*

Elle s'arrêta de bouger comme on se fige quand la roulette du dentiste s'approche. La dame balinaise y voyant un signal, s'agenouilla et commença de couper les poils blonds avec les ciseaux.

*...et je tourne la tête, j'voué Québec et j'le voué ben, j'voué des carottes et des oignons...*

Elle couvrit le pubis de crème à raser et ouvrit le rasoir. On regardait tous en silence. Je regardais les autres qui tous regardaient, captivés le pubis apparaître, sauf Sam qui souriant la regardait dans les yeux. Marie regardait Sam aussi, ils se comprenaient, s'encourageaient. La dame balinaise dit quelque chose à Lilly dans une langue inconnue, probablement de l'indonésien et Lilly demanda à Marie de

*Oh non !, Oh non jamais !, Oh non, oh non,  jamais, jamais...*

s'allonger sur le fauteuil et de bien écarter les jambes.

*Je n'oublierai jamais Marie...Laforêt*

Ainsi, la dame balinaise pu dégager les grandes lèvres complètement. Elle mit du lait sur un coton et comme pour Lilly apaisa sur la peau le feu du rasoir. Je regardais la scène autant que les visages des spectateurs, et au plaisir, à l'émotion qu'ils montraient de regarder ma femme apparaître dans ce qu'elle avait de plus intime, et comme je ne l'avais jamais vue, je sentais poindre un plaisir nouveau. Lilly se redressa, la femme brune commença d'applaudir suivie de ses deux amis. Marie échangea un sourire de défi mais aussi d'offrande à Sam. Puis croisa mon regard comme indifférente. Lilly se leva. Comme Charlebois chantait « Québec love »,

Lilly avait prit la taille de Marie et lui faisait danser un rock lent. Je n'avais jamais bien sûr vue Marie aussi nue que maintenant et bien que désireux de suivre son regard, je ne pouvais pas dégager le mien de son sexe à la peau nue, qui apparaissait et disparaissait selon les mouvements. Marie nue, Lilly strictement vêtue.

Quand le morceau finit, Sam dit que c'était bien, marquant la fin de la participation de Marie. Lilly posa un baiser sur la bouche de Marie. Marie ramassa son soutien-gorge et le remis, puis sa robe qu'elle boutonna. Elle ramassa sa culotte et au lieu de la remettre, me la jeta sur les genoux en disant en français :

« Alors tu es content ?... »

« Bien sûr qu'il est content ! » répondit Sam.

J'étais plus que ça... En voyage vers d'autres planètes.

« A ton tour Gwen » dit Lilly. Marie en rajouta :

« A votre tour Gwen ! »

« Avec Lilly, nous avions prévu autre chose... »

« Et bien, chérie, respectons le programme » dit Sam.

« On retourne là bas ? » demanda Gwen à Lilly.

Lilly regarda Sam qui était bien et dit :

« Restons là, ça ne changera rien. »

« Il faut dégager la table » dit Gwen, et ceux qui y avaient laissé leur verre le reprirent.

« Peut-on tirer les rideaux ?...Faire la pénombre ?... »

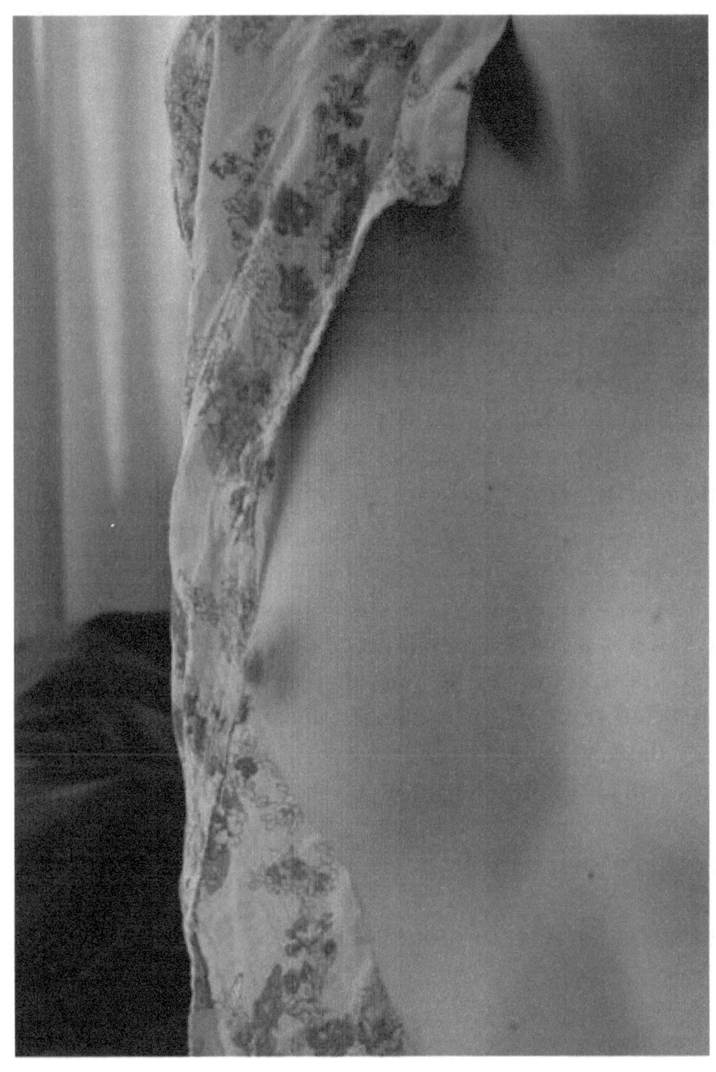

On tira les rideaux, ferma les portes. Il faisait sombre, Lilly alla allumer dans un angle derrière nous une lampe avec une faible ampoule et elle revint se blottir contre son mari. Marie s'assis sur le bras de mon fauteuil me tenant par les épaules. Je pensais qu'elle n'avait pas de culotte et plus de poils, que Lilly aussi était rasée, que cette intimité cachée était connue de tous et pourtant secrète.

Gwen alla mettre un disque dans le lecteur, c'était de la musique d'ascenseur jouée au piano. Ses deux compagnons s'étaient levés et se déshabillaient dans la pénombre. Gwen voulu se déshabiller sur la musique, mais il n'y avait pas de rythme et je n'entrais pas dans le jeu. Nue, elle était rondelette, sans être grosse. Son ventre était très plat, ses cuisses et ses seins un peu gros mais fermes. Elle s'assit sur la petite table thaïlandaise sur laquelle Lilly avait été photographiée par Mark plusieurs semaines plus tôt et tournant sa tête vers la pénombre où étaient ses amis elle leur fit signe du doigt. Le plus jeune était déjà en érection. Il était râblé, musclé, très brun. Son sexe court était large. L'autre était élancé, fin, sans graisse, les muscles apparents, des poils gris sur la poitrine. Son sexe long pendait. Ils vinrent se mettre de chaque côté de la femme qui prit un sexe dans chaque main. Je senti la main de Marie serrer un peu mon épaule. Puis Gwen pris dans sa bouche le sexe de l'homme plus âgé pour le faire bander. Elle n'avait pas lâché l'autre et quand le sexe dans sa bouche fut assez dur, elle prit l'autre puis passa de l'un à l'autre. Après quelques minutes, elle dit à Lilly :

« On ne peut pas ici, c'est trop bas… »

« Il y a la table derrière » répondit Lilly

« OK ! » et Gwen se leva, passa entre nous. Ceux qui avaient leur fauteuil vers la table thaï durent se lever et le faire tourner. On se rassit. L'éclairage était maintenant plus près du trio et nous étions nous même éclairés de face. Gwen s'allongea sur le ventre dans la largeur de la table, ses pieds touchant le sol. L'homme brun vint se placer derrière elle entre ses jambes, prit sa taille dans ses mains, et elle s'avança encore pour prendre le second dans sa bouche. Mais comme la table était trop large, elle ne le put pas.

« Tu es trop loin ! » dit-il.

Gwen se releva et dit :
« On ne peut pas ici ! »

Les deux hommes restaient au garde-à-vous, idiots.

Lilly jeta un regard à l'homme blond au grand noir qui se levèrent, sortirent et revinrent bientôt portant la table de bois blanc sur laquelle Lilly s'était allongée. Ils enlevèrent la table basse sur laquelle Gwen s'était assise et mirent la table de bois blanc qui était plus étroite à la place. On retourna les fauteuils, par ces artifices non prévus la magie s'évanouissait. Gwen reprit sa place en travers de la largeur de la table étroite. L'homme plus âgé qui avait perdu son érection se plaça devant et elle le reprit dans la bouche, l'autre se mit entre ses jambes, la reprit par les hanches et s'aidant d'une main, la pénétra. La main de Marie me serra plus fort et se penchant vers mon oreille dit tout bas :

« C'est ça que je veux. »

L'homme plus âgé se retira et fit le tour de la table. Son sexe était long et étroit. L'autre lui fit place et pendant que Gwen se faisait pénétrer de nouveau, il alla prendre sa place dans la bouche de la femme. Sam attira Lilly et lui dit quelque chose dans l'oreille. Elle se leva, sorti pour très vite revenir avec une écharpe de soie quelle noua sur les yeux de Gwen sans qu'aucun des deux hommes ne bougeasse. Ensuite, elle alla murmurer à l'oreille du grand noir qui à son tour dit quelques mots à l'homme blond. Tous deux se dévêtirent, et sans bruit s'approchèrent du trio. Le grand noir fit un signe de tête à l'homme aux cheveux gris qui était entre les cuisses de Gwen, il se retira et l'homme noir la pénétra à son tour. De même, l'homme blond vint prendre la place du petit brun dans la bouche de Gwen. Alors, avec une fréquence d'une trentaine de secondes, les trois hommes, le petit brun, l'homme aux cheveux gris et le grand noir se relayèrent dans le vagin de la femme, elle gardait dans sa bouche le sexe du blond. Marie et Sam échangèrent un regard. Marie se pencha vers moi et me dit :

« Vas-y ! »

Et comme je ne bougeais pas, elle ajouta :

« moi aussi je veux te voir baiser une femme ! »

Elle était décidée, je crevais de désir mais je n'avais jamais pensé à m'exhiber. Pourtant, j'étais bien le seul à n'avoir rien donné ce soir là, et comme Marie me poussait pour que je me lève, je dû y aller. Je suis bien moins bien bâti que ces quatre hommes et je n'étais pas très fier de moi. J'enlevai mon pantalon et mon caleçon mais restai le torse couvert. Me voyant arriver, le grand noir qui était en place me sourit et me céda la place. Le vagin était naturellement très mouillé et chaud, dilaté par les accouplements et le désir. Je n'étais pas préparé et à peine introduit, j'eus l'impression de me vider du nombril aux genoux, me trouvant tout à coup stupide et ridicule. Je me retirai mais personne ne dit rien, tout paraissait normal. Le grand noir repris sa place et son mouvement de piston. Comme il se retirait pour offrir la place à un autre, Gwen le retint par une main et dit un « non ! » ferme bien qu'inarticulé comme elle avait la bouche pleine. Elle serra de la main le sexe qu'elle avait dans la bouche et de l'autre main entoura la cuisse de l'homme blond. Elle retira vite cette main et chercha quelque chose dans l'air, alors faisant très vite le tour, l'homme aux cheveux gris vint placer son sexe dans cette main vide. Pliant les genoux, agitant les jambes, Gwen jouit d'un bruit étouffé en se tortillant des hanches. Ralentissant ses mouvements, le noir se retira. Gwen repoussa l'homme blond de sa bouche mais garda dans sa main gauche le sexe de l'homme aux cheveux gris. Le petit brun posa ses mains sur les fesses de Gwen qui ne réagit pas. Il la pénétra sans qu'elle ne réagisse autrement que par les mouvements de son dos sous les à-coups de l'homme. Elle massait le sexe de l'homme aux cheveux gris tendrement, comme ignorante de celui qui dans un instant allait jouir en elle. Comme il allait jouir aussi, l'homme aux cheveux gris chercha la bouche de la femme qui ouvrit les lèvres et reçu aussitôt le sperme sur sa langue. L'autre s'agitait maintenant furieusement et Gwen du agripper le bord de la table pour rester en place. Il se figea en lançant un long

« ah ! ! !... » qui s'éteint. Dès qu'il se fut retiré, Gwen se redressa, ôta la soierie qui lui cachait les yeux, et s'en servit pour s'essuyer la bouche. Elle mit la main sous son sexe pour éviter que le sperme qui en coulait ne tombât par terre.

« J'ai besoin d'une douche je crois... » et Lilly, éclatant de rire la prit par la main et la dirigea vers la salle de bain. Lilly revint aussitôt, ouvrit les rideaux. Gwen rentra un peu plus tard, dans un peignoir trop petit pour elle et elle s'affala dans un fauteuil.

Les hommes s'étaient tous rhabillés.

« Alors combien ?... » dit elle en fronçant les sourcils comme si elle était fâchée. « Toi ! » dit-elle en montrant le grand noir qui dit oui de la tête. « Toi ?... » dit-elle avec moins de certitude en désignant le blond. Il fit oui de la tête.
« Quatre c'est beaucoup en une seule fois »

« Il n'y a pas de limites » dit en riant Lilly. Je suis témoin qu'elle avait dépassé ce score.

« Il en manque un !... » Comme j'étais le seul homme valide restant, Gwen me regarda :

« Toi aussi ? Ah !, c'est toi l'homme pressé... ». La remarque fit éclater de rire Lilly et Marie.

« Cinq, alors, c'est mon record... »

Elle se calmait et on revenait peu à peu à la normale.

« Merci mes amis, merci ma chérie, merci Gwen, grand merci Marie, vous êtes très belle, c'était remarquable. Je me sens vivre vous savez, même si je ne peux que vous regarder. Merci. »

Il n'y avait rien à répondre, j'avais bien envie aussi de le remercier. Il m'avait fait prendre conscience de la brièveté de la vie, de la jeunesse et avait donné une nouvelle ambition à notre couple.

# VIII
## Le désir de Marie.

Le soir qui avait suivi son premier rasage, elle me demanda si j'étais content. Comme je l'étais, elle demanda alors si cela me suffisait ou bien si je persistais dans mon désir de trio. Je persistais et lui fit remarquer qu'elle semblait le désirer aussi.

« Pourtant, ton visage était tellement crispé quand je me suis montrée que je croyais que tu allais exploser. »

« Mais, tu ne me regardais pas, tu regardais Lilly... »

« Je te voyais. Je faisais l'indifférente pour voir comment tu réagirais, car si on le fait à trois, si l'autre me donne du plaisir, à ce moment précis, il n'y aura plus que lui tu sais, je pourrais même être tendre avec lui... »

« Cela ne fait rien ...»

« Tu dis ça... »

« Mais tu m'as dit toi même que tu voulais jouir avec mon sexe dans la bouche ! »

« Oui... »

Je m'habituais au sexe nu de Marie et le trouvait doux à mes lèvres. Très vite des poils raz et durs le couvrirent, c'était très joli à voir, mais un soir je constatai qu'elle était de nouveau fraîchement rasée. Je ne dis rien, mais me mis à m'interroger : l'avait-elle fait seule ou bien s'était-elle livrée à quelque séance sans que je le susse ?...

Je tournais autour du pot et elle faisait mine de ne pas comprendre. Je lui demandai alors si elle se rasait elle-même. Elle me dit que non et aussitôt mon visage se crispa prêt à la colère. Elle éclata de rire.

« Et bien oui, idiot, je me rase toute seule, mais tu vois que tu n'es pas prêt ! Et puis, tu peux me raser toi-même ! »

Je lui promis d'être plus ouvert. Je lui dis le besoin que j'avais de la considérer libre même si je ne pouvais m'y résoudre et qu'il fallait m'aider, m'accompagner dans ma libération.

Marie me dit qu'elle commençait d'aimer Lilly, c'est à dire qu'elle la trouvait admirable, amoureuse, aimante, dévouée et qu'elle pensait qu'elle n'aurait pas eu, dans les mêmes conditions cette force. On convint de les convier à dîner chez nous.

Sam avait mit une cravate, Lilly portait une robe printanière de toile blanche avec une ceinture, les cheveux tenus par un bandeau, elle était maquillée et portait des boucles d'oreilles comme une bourgeoise en visite. Avec ses fines lunettes ovales, elle avait son visage d'ange de lycéenne sérieuse. J'avais fait des sushis et on but du sake. On parla de la Chine que je ne connaissais pas bien, du Japon que je connaissais mieux, de calligraphie et d'accès au sens par l'écriture idéogrammique. Après le repas, Sam nous dit qu'il nous avait apporté quelque chose et Lilly sorti de son sac un DVD qu'elle posa sur la table.

« C'est le spectacle de Lilly, gardez-le. »

Marie regarda Sam interrogative.

« Non ma chère dit-il en français, votre présentation n'a pas été conservée autrement que dans nos mémoires, elle était tout à fait improvisée et je ne l'aurais pas fait sans votre accord… Je sais, cela a été fait une fois, mais je ne vous connaissais pas encore… »

Marie hocha la tête rassurée ou déçue.

« Cela ne te gènes pas ? » demanda Marie à Lilly ?

« Quoi ? »

« Que nous ayons ton image… »

« C'est une image, ce n'est pas moi et cela fait plaisir à Sam que vous ayez ce film. »

« Mais à qui le donnez-vous ? »
« A vous seuls » dit Sam
« Et Gwen ? »

« Non, nous n'avons pas avec elle les mêmes relations qu'avec vous. »

« Et,… le faire, ça ne te gènes pas ? »

« On en a déjà parlé. Vous savez pourquoi je le fais… »

« Pourquoi nous le faisons » corrigea Sam. »

« Oui, pourquoi nous le faisons. Quand je fais ça, je suis autre, comme vous Marie, quand vous faites l'amour vous n'êtes plus tout à fait la même, vos sensations, vos sentiments sont altérés. »

« Mais … vous y prenez du plaisir, je veux dire physique ? »

«Ça c'est mon secret ! »

« Vous simulez pour Sam ? »

« Vous ne l'avez jamais fait ? »

« … »

Sam et moi regardions les deux femmes sans intervenir.

« Et c'est vous qui décidez des scenari ? »

« Lesquels ? »

« Celui-ci par exemple dit-elle en désignant le film sur la table. »

« Oui, celui-ci, c'est moi qui ai tout arrangé… Tu es tentée ? »

« Non je ne crois pas »

« Tu n'a pas de fantasmes ? »

Marie baissa la tête,
« Non…, puis me jetant un regard, enfin ça me gène d'en parler. »
« Mais je suis sûre que ça ferait plaisir à David de vous entendre me les dire. »

Marie me regarda encore.

« Je ne connais pas le terme en anglais. »

« Dites-le en français, Sam traduira. »

« Je connais le terme technique, mais pas celui qui me plaît. »

« Dites alors celui qui vous plaît. »

Elle baissa la tête.

« J'avais envie de … me faire enculer. »

Elle avait murmuré. Sam traduisit *She wants to be sodomized.*

« Non, ce n'est pas ce que j'ai dit, ce mot je le connais, il existe aussi en français, mais c'est technique, presque médical, c'est chargé moralement, sans poésie. L'usage du mot que j'ai dit m'excite presque autant que la chose. C'est l'équivalent *d'enculer* que je ne connais pas. *Enculer*, c'est câlin, c'est doux, c'est un acte d'amour, c'est un mot complice. Et puis je n'ai pas utilisé le présent.»

« Sam se tourna vers moi. Peut-être veut-elle dire *she wants to be fucked in the ass?* non, *she wanted to be fucked in the ass*. »

« C'est l'idée lui dis-je. »

« Mais pourquoi voulais-tu, tu ne veux plus ? »

« Si. »

« Et pourquoi ne le fais-tu pas ? David ne le veut pas ? »

« Non, c'est que nous l'avons fait... »

« Bravo alors ! Et c'était bien ? »

« Tu l'as fait aussi, tu sais bien, c'est différent, un peu douloureux parfois quand il est trop pressé, mais c'est la peur je crois qui créée l'impression de douleur. Je ne crois pas pouvoir jouir comme ça, mais en préliminaire, je crois que c'est bien. J'aime ça. Ce n'est pas tant le ressenti que j'aime, c'est l'idée d'être prise comme ça, pour le plaisir, sans faire d'enfant. »

« Bon, et d'autres choses ? »

Marie me regarda encore, c'était exposer nos secrets que de répondre.

« Parle, ça lui fait plaisir. »

Je fis oui de la tête.

« Je crois, enfin, je crois que j'aimerais faire comme Gwen l'autre jour. »

« Etre prise par des hommes sans les voir ?

« Non ! Je veux dire en avoir un ...dans la bouche et l'autre... »

« Et l'autre ? »

« Et l'autre dans moi ! »

« Pourquoi ne pas le faire alors ? »

« C'est que ce n'est pas facile et David est jaloux. »

« Tu es jaloux ? » me demanda Sam moqueur ?

« Non !,…oui, peut être, je n'aime pas que Marie fasse des choses sans que je le sache, mais je suis d'accord pour ce qu'elle demande, je lui ai même demandé de le faire. »

« Alors pourquoi ne pas le faire ? »

« Mais être pénétrée par un type, n'importe qui, qu'on n'aime pas ?… »

« Tu n'as jamais utilisé de gode ? »

« Si, mais… »
« C'est pareil, on ne te demande pas de tomber amoureuse, tu fais l'amour avec David, pour lui, même si tu utilises le corps d'un autre. Qu'est-ce que tu crois que je fais avec Sam ? »

« Mais l'autre est un homme, il a des yeux, un regard, de la tendresse peut être, s'il me sourit, comment faire ? »

« Laisse toi aller, ce dont tu rêves, bien des femmes y pensent ! »

« Vous savez, il y a peut être un moyen » dit Sam.

« C'est dans un film, peut être de Fellini, je crois avoir vu ça il y a longtemps. Des femmes sont agenouillées, le buste allongé sur une sorte de coussin ou de table basse. Elles doivent passer la tête et le buste par un trou dans un rideau. D'un côté on ne voit que des fesses anonymes, de l'autre seulement des troncs. Des hommes passent et ils peuvent prendre le cul qu'ils veulent. Les femmes ne savent pas qui les a pris. Rien ne vous empêche alors d'avoir devant vous quelqu'un que vous acceptez de prendre dans votre bouche et vous n'avez pas à vous soucier de quoi ou qui vous pénètre. »

Le *you* anglais ne traduit pas les nuances du *tu* et du *vous*, mais quand il s'adressait à Marie en français, il l'a vouvoyait, je garde donc cette forme dans la traduction. Quand à Lilly et Marie je pense qu'elles utiliseraient le tutoiement.

« Vous me donnez une idée, avec le site, je peux faire n'importe quoi. Si j'organisais quelque chose comme ça, viendriez-vous ? »

Il avait dit la dernière phrase en français.

« Oui, je crois. Mais pas de film.»

« Pas de film… Mais c'est dommage, on pourrait vous filmer de derrière et vous seule sauriez, ou bien filmer votre visage, vous ne vous êtes jamais vue jouir… Bien, nous avons fait un grand pas ce soir, réfléchissez, j'attends votre feu vert. »

Dès leur départ, j'envoyai un courriel à Sam lui demandant d'organiser quelque chose, disant que Marie ne se déciderait que si seulement le dernier pas restait à franchir et qu'il ne fallait pas attendre son accord.

Dix jours plus tard, tout était prêt. Je le dis à Marie. Elle avait aussi reçu le message de Sam. On parla encore longuement, puis on décida de se jeter à l'eau. L'adresse était en ville. Une grande pièce avait été séparée en deux par un épais rideau du plafond au sol. Le rideau avait la forme d'un $\Omega$ dont les branches horizontales auraient été plus grandes. Dans la partie demi-circulaire, quatre trous avaient été pratiqués qui permettaient de passer des corps. On pouvait passer d'un côté à l'autre par une fente dans le rideau. Devant chacun des quatre trous était un reposoir de feutre rouge arrivant à hauteur de la taille. Les femmes pouvaient passer leur buste par le trou, s'allonger sur le reposoir, et de l'autre côté, poser leurs genoux sur un épais coussin. Les hôtes nous montrèrent l'installation et nous demandèrent si cela correspondait à notre attente, je dis « oui » avant que Marie ne puisse parler.

Je ne voulais pas que l'on put croire qu'elle avait des réticences, ce qui aurait pu alerter nos hôtes dans la cadre d'activités qui ne pouvaient s'entendre qu'avec le plein consentement des acteurs.

« Alors revenez demain soir à 19h… »

Nous rentrâmes, rassurés de ne pas l'avoir fait, mais déçu de ne pas l'avoir fait.

« Mais on me verra ! Il y aura des gens qui verront mon visage pendant que… »

« Je crois que oui… »

« Ce n'est pas ce qu'avait dit Sam. »

« Ce n'est pas très grave, mais si tu veux, on n'y va pas. »

« Si, depuis le temps qu'on en parle, maintenant je veux le faire ! »

On y alla à 19h. Il y avait quinze ou seize personnes en plus des hôtes. Cinq femmes en plus de Marie. On reconnu Gwen et l'homme brun, ce qui rassura un peu Marie sur laquelle une dizaine d'hommes portaient leurs regards. Une femme dans la cinquantaine, maigre maquillée, le visage long évoquait pour moi l'image d'une nymphomane. Les trois autres femmes avaient la réserve de Marie, l'une était très jeune, elle se tenait à côté d'un très jeune homme, adolescent. Les deux autres avaient la trentaine. L'hôtesse appela les femmes qui quittèrent la pièce, puis après un moment on invita ceux qui voulaient être actifs à se déshabiller et on nous fit passer dans la grande pièce où était le rideau, du côté des coussins. Quatre femmes étaient installées, nues, on ne voyait pas au delà de leurs reins mais dans cette position on voyait très bien leur sexe et leur anus. Je reconnu Marie, elle seule était rasée, il y avait sans doute aussi la femme maigre, la plus jeune fille dont la taille très fine était celle d'une adolescente. Je crois que Gwen n'y était pas. Un homme se décida. Sans préparation il posa ses doigts sur le sexe de l'adolescente et en poussa deux à l'intérieur. Elle sursauta et il enleva ses doigts. Les autres le regardaient faire. Un homme qui avait vu des objets posés derrière nous lui tendit un flacon de lubrifiant. Il en versa suffisamment sur les doigts, et avec plus de douceur refit pénétrer ses doigts dans le vagin de la jeune fille. Elle avait bougé au début mais se laissait faire maintenant. Tout en gardant deux doigts dans le vagin, il poussa son pousse dans l'anus, une fois encore elle tressauta. Le très jeune garçon qui ne devait pas avoir plus de dix-sept ou dix-huit ans avait comme moi reconnu son amie et il se tenait près d'elle, regardant les gestes puis le visage de l'homme. Un autre entreprit de caresser à son tour une des femmes qui n'était pas Marie mais revint au spectacle commencé. Un troisième homme derrière nous se mit à baiser la femme maigre mais il n'avait pas de spectateur. L'homme qui caressait l'adolescente essaya d'entrer trois doigts mais il renonça. Le jeune garçon regardait toujours. L'homme remis du lubrifiant sur la main et glissa son index huilé dans l'anus de la jeune fille. Elle eut encore un sursaut. Alors, il s'enduit le sexe d'huile et se plaça derrière la jeune fille. Comme ses pieds était joints sur le coussin, c'est lui qui du écarter les jambes. Il plaça son sexe à l'entrée de l'anus et appuya sans pouvoir entrer. Il appuya plus fort et on entendit la fille crier un peu. L'homme se retira alors et d'un coup entra dans son vagin. Elle avait encore sursauté mais maintenant elle n'était plus secouée que des coups de poussoir de l'homme. Le très jeune homme avait regardé la tentative de sodomie puis la pénétration, puis il était passé de l'autre côté du rideau voir le visage de son amie. Certains le suivirent. L'homme jouit en elle et se retira, mais aucune manifestation du plaisir de la fille n'apparut, elle cessa seulement de bouger. Tous avaient regardé la scène et deux d'entre eux se succédèrent, à chaque fois, la fille bougeait sous les coups de reins, mais ne manifestait pas de réaction. Le jeune garçon avait, sans la toucher, regardé son amie se faire prendre, ignorants tous deux par qui. J'allais d'un côté à l'autre et c'est alors que je vis qu'un homme à genoux léchait Marie. L'ambiance ne me plaisait plus beaucoup et je regardais l'homme s'activer. Comme je sais que Marie n'aime pas beaucoup cette caresse, je ne sentais pas trop de jalousie, mais il se redressa et voulu la pénétrer. Je m'interposai lui disant que cette femme était pour moi et je voulu prendre Marie lui saisissant les hanches, mais de derrière, il me repoussa violemment, je roulais par terre et avant que je ne me redresse, il l'avait pénétrée. Je lui écrasai mon poing sur la tempe, il roula se tenant la tête. A côté, on entendait la jeune fille qui pleurait. L'hôte intervint pour tout arrêter. C'était un fiasco.

Comme Marie avait dit sa difficulté à gérer ses rapports avec le troisième homme Sam avait pensé à un anonymat qui avait conduit à une absence de sélection des participants. Des règles plus strictes auraient du être prévues, le nombre de participant moins nombreux. Le désir des femmes aurait aussi du être vérifié en dehors de la présence d'un éventuel compagnon, il apparaissait certain maintenant que l'adolescente n'avait accepté que par amour de son ami mais qu'elle avait subi sans plaisir et sans doute avec peine.

Ayant vu dans le regard, l'attitude des hommes un désir de prédation, je pensais que nous avions commis là une sérieuse erreur.

Marie avait vécu la chose différemment. Elle avait entendu la rumeur derrière le rideau et s'attendait à tout moment à être touchée. Des peaux l'avaient effleurée, elle en avait tressailli. Puis elle attendait, tendue, entendant qu'on s'agitait derrière le rideau. Puis des mains s'étaient posées sur ses fesses et elle avait senti une langue sur ses lèvres et qui entrait en elle. Comme cela durait, elle su que ce n'était pas moi et elle tenta de se concentrer sur les sensations reçues sans penser à qui les lui procurait. Elle finit par en trouver, non du plaisir, mais un certain bien-être. Puis elle avait sentit un sexe sur le sien son cœur battait très fort, elle se disait qu'enfin j'allais arriver devant elle pour prendre sa bouche. Elle avait alors été pénétrée d'un coup, mais l'homme l'avait quitté aussitôt. Au même moment, la femme à son côté et qu'elle ne voyait pas se mit à pleurer. Elle sentit d'autres mains (plus petites et plus froides) sur ses hanches, un autre sexe à l'entrée et puis plus rien, un vacarme et le charme rompu.

On décida que cette expérience nous suffisait. Je ne lui avais pas parlé de ma réaction, de l'impossibilité que j'avais eu de voir ce grand costaud la prendre comme une chèvre. Elle resta avec son rêve inachevé.

# IX
# Lilly n'est pas seule.

Sam s'était inquiété auprès de moi de l'échec de cette soirée. Il redoutait que Marie n'en ai subi un traumatisme qui mettrait fin à notre aventure. Je lui dis qu'elle n'avait pas pris conscience des aspects les plus négatifs de l'affaire mais qu'il était préférable de lui laisser du temps.

« C'est que je n'en ai plus guère… me répondit-il. Je n'ai pas retrouvé le film peut être de Fellini qui m'avait donné l'idée du rideau, mais en cherchant, j'ai retrouvé un film de la fin des années soixante-dix ou du début des années quatre-vingt *Derrière la porte verte* et je souhaite m'en inspirer. Le connaissez-vous ? »

Je ne le connaissais pas.

« Dans cette histoire, une jeune femme qui ressemble beaucoup à Marie, mais vraiment beaucoup vous savez est enlevée sous les yeux de son mari et emmenée dans quelque lieu secret. Elle est dévêtue et caressée par des femmes, mais cette partie du film est artificielle, je veux dire qu'on a le sentiment que la femme subi ces caresses qui ne correspondent à rien de ses attentes. Puis entre un noir sauvage, avec un collier d'os ou de dents de cochons, le visage peint de traits guerriers qui baise la femme sans prendre lui même son plaisir. Il y a des spectateurs, certains sont masqués dans un cadre qui rappelle celui de la 42$^{\text{ème}}$ rue. Dans ce film, on voit et peut être pour la première fois à l'époque, en gros plan, le sexe noir entrer dans la chaire rose et humide, mais c'est le final qui est le plus intéressant, la femme –imaginez Marie, si vous voyiez ce film la ressemblance vous frapperait aussitôt – prend quatre hommes en même temps. J'ai oublié des détails, mais j'ai demandé à Lilly de reconstituer la scène. Il faut trouver pour Marie la situation qui pourra lui convenir, elle ne sait pas ou ne veut pas exprimer franchement ses désirs, il faut aller au devant d'eux. J'aimerais que vous veniez assister au tournage, nous ferons ça mardi soir, pourriez-vous venir ? Ensuite, si cela vous convient, nous pourrons le lui proposer.»

Pris par mon propre désir de voir Marie faire l'amour, je n'avais pas encore conscience que de plus en plus nettement Sam prenait le contrôle de notre intimité. Je ne voyais là qu'une aide désintéressée, une initiative que je ne savais pas ou n'osait pas avoir.

Je vins seul, Sam ne dit rien de l'absence de Marie à qui je n'avais rien dit.

On alla dans la pièce où nous avions assisté à la première séance de photos, il y avait Mark et Bernhard qui étaient affairés, on échangea un signe de tête. Lilly était assise devant une coiffeuse et se poudrait le visage, le cou. Elle portait le kimono noir et lâche que j'avais déjà vu. Quatre hommes debout étaient un peu reculés. Mark avait disposé trois caméras sur pied, en triangle. Lilly ôta son kimono et le posa sur la coiffeuse. Elle prit de la crème dans un tube et, fléchissant les genoux, se lubrifia la vulve. On fit des essais de lumière, Lilly vint se mettre debout à côté de Sam, une main sur son épaule. Des spots concentraient la lumière dans un cercle étroit et on plongea la pièce dans l'obscurité. Je me reculai dans le noir et jetai un œil dans le viseur d'une des caméras. Elle était centrée sur le cercle de lumière, on ne voyait pas au delà, en particulier par d'autre caméra. Les réglages prirent encore un peu de temps, on ralluma. Mark et Bernhard portèrent au centre du cercle de lumière la table de bois blanc qui avait déjà servie puis Mark dit que tout était prêt. Sam me demanda de venir à côté de lui et je m'assis à ses côtés. Elle entra dans le cercle de lumière. Elle avait gardé ses fines lunettes ovales, sur son pubis les poils avaient un peu repoussé et faisaient comme une barbe rase. Les hommes étaient maintenant à la limite du cercle, celui que je voyais de face se branlait doucement pour bander. Son sexe devint très gros, long, je ne pensais pas qu'un homme put avoir un tel membre. Il s'allongea sur la table. Mark fit tourner les caméras fixes et en prit une autre à l'épaule. L'homme sur la table entretenait son érection de la main, c'était impressionnant. Deux hommes qui étaient aussi en érection soulevèrent Lilly et la portèrent sur la table. Elle fit deux pas jusqu'à ce que ses pieds soient à la hauteur des cuisses de l'homme allongé, elle passa un pied de l'autre côté, elle lui tournait le dos. Elle s'accroupît et prit le sexe dans sa main. Elle s'avança un peu en posant ses genoux sur la table, on la vit porter le sexe de l'homme entre ses cuisses et bouger un peu le bassin. Son visage était concentré. Elle se recula, s'assit sur le ventre de l'homme et demanda qu'un des hommes nus lui apporte le tube resté sur la coiffeuse. Le sexe de l'homme était vraiment gros et paraissait incompatible avec la finesse de Lilly. Elle prit le tube qui était ouvert, mit du gel sur le sexe, lubrifia le bout, en reprit dans sa main et lubrifia le reste du membre. Elle rendit le tube. Elle se remit en position, à genoux au dessus de l'homme, la tête vers ses pieds, son sexe en main et lentement, parfois en faisant une légère grimace, se l'introduisit. Lentement encore, elle s'assit pour absorber tout le membre. Deux trapèzes descendirent du plafond tenus pas des cordes, ils étaient de chaque côté de Lilly et parallèles au corps de l'homme couché. Tour à tour les trois hommes qui restaient montèrent sur la table. Deux s'assirent sur chacun des trapèzes et Lilly prit leur sexe dans ses deux mains. Le quatrième se mit debout devant Lilly qui entrouvrit la bouche. L'homme guida son sexe dedans. Ses mains branlaient les deux sexes par à-coups. L'homme debout sur la table tenait la tête de Lilly et bougeait dans sa bouche par des mouvements du bassin. L'homme allongé la tenait par la taille et l'aidait à se soulever un peu, elle aidait le mouvement en poussant sur ses genoux. Elle branlait les hommes par à-coups, c'est à dire qu'elle faisait quelques mouvements puis bougeait du bassin, subissait le mouvement dans sa bouche, reprenait le mouvement de ses mains. On avait l'impression qu'elle avait du mal à gérer les quatre relations simultanément. Cela dura bien dix minutes. Elle lâcha le sexe de l'homme à sa droite pour remettre une mèche de ses cheveux, l'homme continua à se branler et elle, de sa main libre entoura la cuisse de l'homme de devant. Gérant mieux sa caresse, l'homme éjacula et son sperme toucha la joue droite de Lilly, coula sur son épaule et lentement dégoulina sur son sein. Elle lâcha le deuxième homme et ses deux mains entouraient maintenant les cuisses de l'homme. Le second éjacula aussi sur le visage de Lilly, de l'autre côté. L'homme qu'elle suçait se retira de la bouche et lui éjacula au visage, maculant ses lunettes, son nez, du sperme lui coula sur les lèvres. Elle essuya ses lèvres du revers du bras et posa ses poings sur les cuisses de l'homme allongé. Elle faisait des mouvements de pendule d'avant en arrière. Elle se redressa sur les genoux et se dégagea, puis elle se retourna, remis ses genoux contre la table mais cette fois à la hauteur des côtes de l'homme, elle remit le sexe de l'homme en elle. L'homme qu'elle avait sucé s'agenouillant derrière elle lui prit les seins et mettant la tête en arrière, elle s'appuya sur son épaule. Elle bougeait toujours le bassin, aidée par l'homme allongé qui lui soutenait la taille. Puis elle se pencha vers l'avant, l'homme qui lui tenait les seins la quitta et descendit de la table. Elle s'allongea tout à fait sur l'homme et mit ses jambes sur les siennes, ses mains autour du cou de l'homme. Elle garda à son mouvement un rythme régulier et lent, puis, en commençant à gémir, elle accéléra et dit des mots en chinois. Je m'étais déplacé vers leurs pieds, restant dans l'ombre, je voyais le sexe dilaté de Lilly qui absorbait, repoussait le sexe de l'homme. Puis elle gémit plus fort, resserra les jambes, se cambra quelques secondes et commença de se détendre, de s'amollir sur le corps de l'homme. La gardant sur lui devenue molle et souple, lui fit des mouvements du bassin, bougeant encore en elle qui ne réagissait plus et il jouit rapidement en silence. Il se calma, ils restèrent accouplés encore quatre à cinq minutes, puis se dégageant doucement, il laissa Lilly sur la table, allongée sur le ventre. Mark coupa la lumière puis, quelques secondes plus tard, alluma la salle. Lilly se redressa lentement, un des hommes lui apportait un linge pour qu'elle s'essuie le visage. Elle s'assit sur la table, jambes pendantes. Elle sourit à Sam qui hocha la tête, replaça une mèche de cheveux. L'homme qui lui avait porté le linge lui porta le kimono noir et l'en couvrit. Lilly se mit debout. Avec le linge, elle s'essuya l'entrecuisse et posa le linge sur la table. Le kimono tomba de ses épaules par terre, elle le ramassa et le garda à la main. Ses fesses s'appuyaient à la table, elle plia un genou et du pied levé se frotta l'autre jambe. Elle se redressa, alla vers Sam et lui posa un baiser sur les lèvres, puis sorti de la pièce.

Mark rangeait son matériel, je poussai le fauteuil de Sam et le conduisit dans le salon où il y avait la cheminée.

« J'espère qu'elle a aussi du plaisir à faire tout ça » dit Sam pensif.

« Je crois qu'elle en a eut »

« Je le crois aussi, mais sait-on vraiment ? »

« Nous n'avons pas réussi à reproduire la scène finale du film, des détails m'échappent, mais peu importe. »

« Qui sont ces hommes ? »

« Recrutés sur le site. Auriez-vous souhaité participer ? Je n'ai pas même pensé à vous le proposer ! »

« J'ai un plaisir immense à regarder, je crois que je serais trop impressionné et un très mauvais amant. Lilly est une icône, je crois que je ne pourrais pas la toucher.»

« Je vous comprends, j'ai ressenti cela aussi. Lilly était vierge et sans aucune expérience quand je l'ai connue, elle avait vingt-deux ans et il nous a fallu un peu de temps pour trouver l'harmonie et maintenant, si j'essaye de faire faire à mon cerveau l'amour avec elle, à travers ces hommes, je souffre du manque de ne pas pouvoir la satisfaire moi même et quand elle me donne du plaisir après ces séances, prenant dans sa bouche mon sexe mou, je me sens coupable même si elle me comble de mots doux et de baisers… »

« … »

« Mais je ne veux pas attirer pitié ni compassion mon cher David, je vous sais gré, c'est important pour moi de savoir que ces images sont partagées avec quelqu'un que j'estime car bientôt, celles que j'ai en tête disparaîtront avec moi. Ne croyez pas que je pousse Marie à quoi que ce soit, j'imagine volontiers que vous devez la satisfaire normalement et qu'il n'est pas nécessaire de vivre ce que nous vivons, mais pensez que la vie peut être longue – pas toujours – et qu'y mettre un peu de piment peut assurer, à terme, la survie du couple est parfois nécessaire. Laissez-lui du temps mais n'abandonnez pas vos désirs, vous finiriez par lui reprocher de ne pas les avoir satisfaits. »

Je du me faire violence pour informer Marie de ce spectacle où elle n'avait pas été conviée et je le lui racontai sans trop de détails. J'aurais aimé qu'elle fût intéressée, intriguée, émoustillée, mais il n'en fut rien ou bien alors elle n'en laissa rien paraître. J'insistai sur le plaisir que Lilly avait exprimé pour tenter de la convaincre de tenter l'aventure mais plus j'insistai et plus elle devenait hostile. Comme dernier argument, je lui proposai de voir le film mais elle me dît comme un reproche qu'elle n'était pas comme moi obsédée par le regard, et que si elle comprenait que j'étais devenu voyeur elle ne souhaitait pas être l'objet de ce type de plaisir. Une porte que j'avais espéré pouvoir franchir se refermait, je ne cachai pas ma déception, elle n'en eût que faire.

Sam m'avait ouvert des horizons vers lesquels je voulais aller mais ils s'éloignaient à mesure qu'on pouvait les penser proches.

# X

# Gwen et moi.

**Il** n'est par rare que les couples, selon leur âge, fassent l'amour plusieurs fois par semaines, plusieurs fois pas jour même quand ils se forment. Il n'était donc pas anormal, surtout qu'ils s'aimaient, que Sam et Lilly, fissent, à leur manière, l'amour plusieurs fois par semaine. J'étais, le plus souvent invité, mais je ne pouvais pas toujours me rendre aux « spectacles » comme nous avions convenu de nommer ces extraordinaires parenthèses des normes sociales. Je finissais par croiser des hommes qui participaient régulièrement. Marie m'accompagnait parfois quand Sam l'invitait, mais elle pensait que ces *spectacles* étaient exceptionnels et ne pouvaient qu'être rares. Comme elle est peu *voyeuse* (on dit *voyeur* mais pas *voyeuse*) alors que je le suis nettement, elle n'avait pas le même intérêt que moi et mes participations secrètes qui s'apparentaient auparavant à une tromperie devenaient un jardin secret dans lequel j'allais désormais sans remords. Son refus de rejouer *La Porte Verte* m'avait même conduit à ne plus lui parler de ces spectacles

Voulant toujours épicer notre vie, je me mis à lui demander de poser pour moi, ce qu'elle fit sans difficultés et aujourd'hui encore, comme j'écris, des nus de Marie m'entourent dans mon bureau. Je n'écris pas *décorent* car pour moi ces photos sont constitutives de mon univers mental et affectif. J'ai gardé des photos de Lilly, mais je n'entretiens pas avec elles le même rapport. Si je pouvais *idolâtrer* Lilly, – c'est à dire la considérer comme une icône – ce n'était pas la femme que j'aimais et si elle aimait bien l'amitié qui m'unissait à Sam, elle ne m'aimait pas.

J'étais resté avec le souvenir amer de l'échec du rideau, et comme je n'abandonnais pas l'idée de voir, en paix avec moi même, Marie faire l'amour jusqu'au plaisir avec un autre, je revins vers Sam pour construire un spectacle en ce sens. Je croyais encore que j'avais la maîtrise de notre destin alors que Sam en était le marionnettiste.

Il fit appel à Gwen pour mettre au point un nouveau spectacle et il nous réuni tous les trois. Je lui expliquai ce que je voulais. Je lui dis que dans ses rêves, Marie souhaitait avoir en elle simultanément un sexe dans sa bouche et un autre en elle. Elle me dit que c'était assez normal et qu'elle ne voyait pas où était le problème. Je du expliquer la difficulté de Marie à recevoir en elle un anonyme auquel elle ne prêterait pas d'attention, je lui parlai de l'expérience du rideau. On convînt facilement que c'était davantage l'échec de la sélection que du principe. On convint également que nous avions eu tord d'inviter d'autres femmes même si nous l'avions fait dans le but de banaliser la situation. Mais les inégalités de traitement entre femmes déséquilibraient tout.

Il s'agissait de tester avec Gwen ce que j'avais envie d'offrir à Marie, même si au fond de moi j'étais davantage animé par le besoin de la voir que de la combler. On décida donc que Gwen serait la seule femme, l'acteur principal. Dans ces conditions, le rideau n'était pas nécessaire. Ce que nous voulions essayer, c'était les réactions de la femme à des caresses, qui ignorerait qui des hommes d'un aréopage accepté la prenaient. Gwen était très ouverte, je veux dire que tout lui paraissait normal et digne de réalisation. Pour éviter à Sam des déplacements difficiles, on fit chez lui la première tentative. Pour une – rare – fois, Lilly allait être spectatrice. On avait choisi quatre hommes déjà connus. L'un d'entre eux, dans un spectacle passé, avait fait l'amour à Gwen devant un public restreint et avec lui, elle avait eut du plaisir. Les quatre hommes qui avaient avec Lilly reconstitué la scène finale de *Derrière la porte verte* s'étaient présentés mais on avait exclu celui qui avait un très gros sexe, trop facilement identifiable.

Avant le spectacle, on avait prit un repas léger, on était huit à table (Sam et Lilly, Gwen, les quatre hommes et moi). Gwen et Lilly burent du Cognac à la fin du repas, mais aucun des hommes, Sam et moi compris ne priment pas d'alcool. Le repas avait permit de créer dans notre petit groupe un peu d'intimité. Sam avait fait fabriquer un meuble pour l'occasion : la base était un large banc à hauteur de la taille, capitonné sur laquelle la femme pouvait allonger son buste. Il était étroit, de chaque côté il y avait un appui pour les genoux et plus bas, un appui pour les pieds. La femme était comme sur le siège d'une moto, mais allongée confortablement, les cuisses assez écartées pour ne pas gêner le contact. Les quatre hommes sortirent pour se préparer et Gwen resta un moment avec Sam, Lilly et moi. Je conduisis avec Lilly, Sam dans sa chaise jusqu'à la salle de spectacle et l'aidai à se mettre dans un des fauteuils profonds, Lilly s'assit à son côté, et je retournai au salon chercher Gwen. Elle s'était déshabillée, restait nue dans cette grande salle avec un plaisir évident. Elle me sourit. Je lui bandai les yeux et la conduisis dans le couloir. Elle marchait avec précaution, les mains devant elle, cherchant à éviter les obstacles. J'ouvris la porte et introduisis Gwen au milieu de la scène. Elle avait toujours les mains devant elle et je lui fis toucher un des quatre hommes. Elle chercha autour d'elle et se senti entourée. En tâtonnant, elle mit bientôt une main autour d'un puis de deux hommes pendant qu'elle recevait d'eux des caresses sur les seins, le haut des fesses et le ventre. Il y eut quelques baisers dans le cou, sur les joues auxquels elle répondait par de petits rires. Le groupe la dirigea vers le banc et toujours explorant de ses mains, elle trouva ses marques, posa son ventre contre le bord, s'allongea, trouva les appuis à droite puis à gauche et s'installa. Quatre paires de main la parcouraient. Elle est faite ainsi que le désir suffit à la lubrifier abondamment et ses cuisses luisaient déjà. Comme nous en avions convenu, l'un d'eux se mit devant elle, mit son sexe prêt du visage de Gwen, elle le senti et avec ses mains le prit dans sa bouche. Presque aussitôt, un autre la pénétra. Elle connaissait les quatre hommes et ne les craignait pas mais elle ne pouvait pas savoir qui faisait quoi. Derrière elle, les hommes se relayaient mais elle gardait le même dans sa bouche. Les hommes parlaient à haute voix, donnant à Gwen le sentiment qu'elle aimait d'être vue. Chacun de ceux qui était derrière l'avait pénétrée une dizaine de fois, elle pouvait donc avoir l'illusion d'avoir reçu trente hommes. Un moment donné, elle cessa de sucer et gardant le sexe qui était dans sa bouche dans sa main. Elle grognait doucement, elle se cambra un peu et releva les pieds, s'appuyant sur les genoux. L'homme qui la baisait alors garda le rythme régulier amplifiant lentement le mouvement. Gwen accueillait chaque pénétration d'un râle léger. Les râles s'amplifiaient très lentement, l'homme pistonna pendant plusieurs minutes, le ton de Gwen augmentait toujours, il devint fort, elle se mit à dire « encore, encore, encore, encore,... ENCORE, ENCORE ...,   mmmmmmmmmmmmmmmmm......», et  l'homme continuait son mouvement sans ralentir malgré la baisse de ton du plaisir de Gwen. Il finit par ralentir et passa le relais à celui qui avait été sucé. Il la pénétra et le même jeu reprit : longs mouvements sans réactions, puis un râle léger s'amplifiant, plus rapidement cette fois, « encore, encore, Encore, Encore, mmmmmmmmmmmm……… », et l'homme se mit aussi à grogner et à pistonner plus rapidement. Après avoir jouit, il céda la place à un troisième qui pris le relais, et la même scène, accélérée repris. Peu de temps après avoir reçu un nouveau membre dur en elle, elle grogna, grogna plus fort, « …mmmmmmmmmmmmmm… », puis le quatrième lui offrit un quatrième orgasme.

« Prends-la aussi » me dit Lilly impérative.

Obéissant à l'injonction, je m'étais rapidement déshabillé, terriblement excité, et comme l'homme me laissait la place, j'entrai en Gwen qui jouit cette fois en moins d'une minute. Elle s'apaisait et j'étais encore en elle, mais elle était si ouverte, son sexe si plein de sperme que je n'avais presque aucune sensation, alors je mouillai mes doigts à son sexe ruisselant et lubrifiait son cul, et me retirant, je l'enculai. Elle me reçut avec un râle nouveau, cette fois mon sexe était fortement pressé dans son étui serré et les sensations très fortes. Je me mis à aller et venir cherchant à lui donner un plaisir improbable. Elle ne réagissait que par une contraction totale du corps qui allait croissante, puis enfin, par des râles rauques bientôt suivi de mots, « fuck, fuck, fuck, fuck, fuck, fuck,

fuck, fuck, fuck, fuck fuck! ! ! !, fuck,

fuck, fuck, fuck, fuck,… ». Elle accompagnait ces mots de mouvements vers moi cherchant la pénétration la plus complète possible. J'attendis qu'elle se calme puis reprenant mes mouvements, je jouis au plus profond d'elle.

Autant le désir peut rendre impudique, autant dès qu'il est passé on se sent bête. Comme les autres étaient restés nus, je n'osais pas remettre tout de suite mes vêtements, je m'assis par terre, Gwen restait encore en place, se détendant, grognant encore faiblement. Elle se redressa et s'assit sur le meuble. Elle croisa le regard de Lilly et elle lui fit un large sourire. Je n'osai pas, moi, la regarder, je me sentais comme un gamin prit avec les doigts dans le pot de confiture.

Le plaisir passé, les fantasmes deviennent des rêves d'imbéciles et on se demande ce qui a pu nous pousser à de telles dérives. J'avais une telle envie pendant le spectacle que j'avais vaincu toute pudeur, tout désir de conserver, pour Sam et Lilly une image respectable, je me sentais dégradé. Mais mon fantasme réel, que je n'osais n'avouer qu'à moi-même, c'est que c'est avec Marie que je voulais revivre cette scène, la prendre après les autres sans qu'elle ne sache vraiment qui jouissait de son corps ou qui la faisait jouir.

Les hommes allèrent se doucher, Gwen resta toujours aussi naturelle, elle nous avait dit qu'elle aimait ces attitudes à la frange, corps nus, jambes poisseuses. J'allai me doucher avant elle et revint habillé. Lilly proposa à Gwen d'aller se doucher, c'était un signe que la fête était finie. Les hommes partirent, nous restions quatre, Sam, Lilly, Gwen et moi. Une certaine intimité nous liait. Gwen n'avait pas peur de parler d'elle et de ses sensations. Nous étions intéressés car nous venions de procéder à une expérience qui devait rectifier les erreurs passées. Elle nous dit qu'elle avait eu, sans simuler beaucoup de plaisir, et qu'elle aurait sans doute pu avoir d'autres orgasmes. Ce qui l'avait amené à franchir ce seuil du plaisir était, dit-elle, la variation des sensations qui venaient avec le relais des partenaires. Ne pas les voir donnait du mystère, elle pouvait imaginer qu'elle était vue, elle pouvait se demander lequel des quatre la prenait et elle confirmait que la sensation d'un sexe dans la bouche augmentait le ressenti dans le vagin. L'après-midi touchait à sa fin, Gwen et moi prirent congé. Gwen qui était venue avec l'un des hommes était sans voiture et je lui proposai de la ramener en ville.

C'était pour moi assez troublant d'être assis à côté d'une femme que je connaissais peu et que pourtant j'avais doublement pénétrée sans qu'elle y consentît expressément. Elle était très gaie et provocante. Elle reprit son discours sur le plaisir qu'elle avait eu, elle parlait beaucoup, du plaisir, de son mari, de la difficulté d'accorder les désirs intimes et les engagements sociaux. C'était la première fois dit-elle qu'elle avait prit autant de plaisir sans son mari et pourtant elle ne sentait aucune culpabilité, elle en était toute heureuse. On s'arrêta à mi-route pour prendre un café, nous étions face à face, et nous nous sourions beaucoup. Sur un réflexe, je lui dis :

« On reste ?... »

« OK »

On prit dans le patelin une chambre dans un motel. Gwen aime être vue et à peine entrée dans la chambre, elle se déshabilla et vint se blottir dans mes bras. Elle avait le corps attirant d'une femme mariée, mère, avec des lourdeurs dans le haut des cuisses et n'avait plus des seins d'adolescente, mais ils avaient un beau galbe. Je me mis à l'embrasser à pleine bouche, en pénétrant sa bouche de ma langue, j'étais heureux de la savoir mariée et de savoir que son mari ne savais rien, je me sentais prédateur, je sentais que je me soignais des infidélités de Marie. Je poussai Gwen sur le lit et mit mes mains entre ses cuisses qui étaient déjà très mouillées. Je fini de me déshabiller et comme elle attendait sur le dos, les jambes ouvertes, j'entrai en elle tout de suite et après avoir pris conscience de la douce sensation de moiteur et de chaleur, je me mis à bouger. Marie jouie vite et j'étais un peu surpris par cette femme qui mettait un temps infini à atteindre l'orgasme, mais dès qu'elle y était, elle ne redescendait plus. Il me fallu peut être une demi-heure pour l'amener au premier orgasme, mais alors, il suffisait de continuer à la limer pour qu'elle reste dans un état orgasmique constant, avec des pics de plaisir et des creux de repos. J'avais commencé en étant sur elle, sans la quitter elle s'assit sur moi sans baisser son degré d'excitabilité et quand elle s'affala sur le côté, elle avait eut, pendant quatre heures, des orgasmes multiples et continus. Moi je m'étais retenu et j'étais assez fier de ma performance alors qu'avec Marie j'arrive rarement à jouir après elle. Comme j'avais envie de jouir, je l'a mit sur le ventre et elle se laissa enculer avec gentillesse et passivité. Je restai dans son cul le plus longtemps possible à bouger, à rester passif, à bouger de nouveau, puis, proche du plaisir, je sorti, entrai, plusieurs fois, sentant alors la forte pression de son anus sur mon sexe. Je m'enfonçai une dernière fois et je jouis. On resta un long moment sur le dos. Elle regarda sa montre, il approchait onze heures. Je pris une douche et quand je rentrai dans la chambre elle téléphonait à son mari pour dire qu'elle était retenue chez une amie et qu'elle rentrerait bientôt. Je vins près d'elle en m'essuyant. Tout en parlant à son mari elle passait ses mains sous mes couilles et levant la tête me regardai dans les yeux. Elle demanda des nouvelles de leur fils et dit à son mari qu'elle l'aimait et qu'elle avait envie de lui sans quitter mes yeux. Comme elle écoutait sa réponse, elle posa un baiser sur le bout de ma queue qu'elle lâcha pour répondre. Elle raccrocha  et comme j'étais toujours debout devant elle, elle me prit dans sa bouche en maintenant sa main sous mes couilles. Mon sexe étant mou, elle le prenait en entier dans sa bouche, c'était très très bon et malgré mon récent plaisir, il reprit vigueur. Elle me dit de m'allonger et me reprenant dans sa bouche me fit la plus belle fellation que je n'ai jamais connue, me prenant profondément, serrant des lèvres, aspirant fortement, tout en me caressant les couilles d'une main et me tenant la verge de l'autre. Je me retenais pour que ça dure le plus possible puis je croisai les pieds et senti monter mon plaisir de très loin. Je sentais déjà l'orgasme avant que les premières gouttes de sperme ne l'atteignent et quand je déchargeai dans sa bouche, elle ne ralenti ni son  mouvement si la pression de ses lèvres. Elle accompagna la décrue de mes sensations d'un ralentissement de son mouvement, mais elle me garda dans sa bouche jusqu'à ce que j'aie tout à fait débandé. Je senti ses mouvements de déglutition. Je senti encore sa langue sur mon gland qui à chaque passage menaçait de me faire jouir encore. Après la décrue, le bout de sa langue se mit à exciter les bords du gland et je me remis à bander, toujours dans sa bouche. Sa main avait quitté mes couilles et elle avait posé un doigt à l'entrée de mon anus. Elle reprit son mouvement de succion, d'aspiration et je jouis de nouveau. Elle alla se doucher, restant longtemps sous l'eau chaude, puis vint s'essuyer devant moi. Elle remit ses vêtements, me dit qu'elle devait rentrer chez elle. J'étais crevé et j'aurais préféré rester dormir, mais je du la reconduire et la déposai au bas de son immeuble. Quand le rentrai, Marie dormait. Sentant que j'entrai dans le lit, elle vint se blottir contre moi et me prit le sexe dans la main.

Je brûlais du désir de lui dire ce que je voulais qu'elle fit pour moi, mais craignant un refus hostile, je me tut lâchement et fini par m'endormir.

# XI

# L'anniversaire de Lilly.

C ette expérience – au sens scientifique du terme – nous montrait qu'un petit nombre de participants changeait l'ambiance que nous voulions de confiance et de bien être et que si, pour satisfaire quelque secret désir on pouvait envisager des spectateurs, le nombre d'acteurs devait être réduit.

Lilly allait avoir vingt-sept ans et Sam voulu faire à cette occasion une petite fête avec gâteau, bougies et chansonnettes. Il voulait lui offrir du plaisir pour elle seule, en dehors de tout spectacle et me demanda si j'accepterais, pour son cadeau, de lui faire l'amour. Gwen lui avait, me dit-il, rapporté le récit de la fin de soirée que nous avions passé ensemble et avait fait un rapport élogieux de mes capacités. Comme les *capacités* d'un homme dépendent étroitement de la partenaire et que je savais que Lilly m'impressionnait tant que je ne pouvais en aucun cas être un bon amant pour elle, et que je ne voulais en aucun cas altérer la nature des relations que nous avions avec Sam et Lilly, je lui dit que ce n'était pas possible.

Nous lui avions apporté une édition en français du *Noanoa* de Gauguin illustrée. La table était mise pour quatre, chez eux dans le salon où il y avait la cheminée. Sam avait pour l'occasion mit une cravate et Lilly avait une simple robe de toile blanche boutonnée sur le devant avec une ceinture qui lui tenait la taille. Marie était assise à côté de Sam, Lilly, à mon côté et en face de Marie. La dame balinaise servait à table un repas de poissons, de riz blanc et de légumes servit avec du Pauillac, un Château Haut-Batailley de 1996. Elle porta le gâteau avec les bougies allumées et Lilly les souffla en riant car elle n'avait pas pu les souffler toutes en une seule fois. Elle ouvrit notre cadeau, le feuilleta, remercia et me posa un baiser sur la bouche comme c'est courant aux Etats-Unis entre amis ou parents. La dame balinaise débarrassa la table et changea la nappe, puis elle porta du café suivit d'un alcool de poire frappé. Lilly qui buvait très peu et qui comme beaucoup d'asiatiques supportait mal l'alcool avait rougit et riait pour un rien. La dame balinaise apporta des cigares cubains entrés en contrebande. Sam prit la boîte et me la tendit, j'en pris un dont l'arôme était rare, il en offrit un à Marie qui contre toute attente le prit et enfin à Lilly qui *très en forme* en prit un à son tour. On alluma les cigares, Lilly toussa tout de suite et Sam lui dit qu'il ne fallait pas avaler la fumée, seulement déguster lentement. Marie que je n'avais jamais vu fumer semblait apprécier l'odeur raffinée et le goût exquis du cigare. Rapidement, Lilly posa le cigare et le laissa se consumer lentement, elle trempait ses lèvres dans le verre d'alcool blanc sans en boire beaucoup.

« You've got a present from me too dearest !… »[1]

Interrogative elle regarda son mari, les joues roses par l'alcool. Sam fit un geste de la tête à la dame balinaise qui ouvrit la porte donnant sur le couloir et laissa entrer le grand noir à l'allure de basketteur que nous avions vu quelques semaines auparavant. Il était nu sauf un linge autour des reins. Lilly mit ses mains sur les oreilles et riant dit *« oh ! non… »*.

Le grand noir vint à elle et lui tendit la main comme on invite à danser une femme inconnue au bal. Elle jeta un regard à Sam et se leva. On se mit à entendre la voix d'Edith Piaf

*Quand il me prend dans ses bras…*

Lilly mit ses bras autour du cou de l'homme, dont le menton arrivait au dessus du front de Lilly. L'homme avait ses mains dans le dos de Lilly, il la serra contre lui, elle riait de temps à autre. Il commença à lui

---

[1] « Moi aussi je t'ai fait un cadeau ma chérie !… »

embrasser les oreilles, à mettre sa langue à l'intérieur et Lilly se laissait faire, sans doute un peu saoule.

*...c'est moi pour lui, lui pour moi...*

Je m'étais tourné vers le couple qui dansait, elle vêtue de blanc, lui, noir et presque nu. Le disque continuait doucement. A un moment, le grand noir prit Lilly dans ses bras et vint entre Sam et Marie la déposer sur la table, il l'allongea. La dame balinaise vint glisser un coussin sous la tête de Lilly qui regarda le grand homme noir, puis tourna la tête vers son mari. Le grand noir alla défaire les fines chaussures de Lilly et lui massa les pieds puis les mollets. Il remonta sur les cuisses et du ainsi se glisser sous la robe. Il atteint la couture du slip et tira dessus. Lilly souleva les fesses et le grand noir le fit glisser, le passa par les genoux, les pieds et le posa sur la table. Il s'agenouilla sur la table, s'inséra toujours à genoux entre les jambes de Lilly. Il remonta la robe sur le ventre, exhibant Lilly jusqu'aux hanches et passant ses avant-bras sous les cuisses de Lilly, il se mit à la lécher. Ses poils avaient repoussé, ils faisaient une toison d'un demi-centimètre d'épaisseur. Lilly souriait toujours, elle tourna sa tête vers Sam, de sa main droite elle tenta de lui toucher la joue mais comme il était un peu trop loin, elle n'y arriva pas. Elle avait gardé ses fines lunettes ovales.

« Non, tout pour toi… » dit Sam.

Remettant sa tête droite, elle ferma les yeux et se laissa aller à goûter les sensations que lui procuraient la caresse. Elle avait relevé les genoux assez hauts et les balançait doucement. Après quelques minutes, l'homme embrassa le pubis, le ventre, mais à cause de la ceinture, il ne pu pas aller plus haut. Il s'allongea alors sur Lilly et de son sexe caressa l'entrejambes de Lilly qui glissant sa main entre elle et l'homme, guida le grand sexe noir en elle. Elle tourna de nouveau sa tête vers Sam qui dit encore :

« Non, tout pour toi… »

Alors, elle mit ses bras autour des épaules de l'homme noir et ferma les yeux. Sa bouche était contre le creux de l'épaule de l'homme qui la dépassait de plus d'une tête. L'homme bougeait doucement et elle accompagnait les mouvements de petits baisers dans le creux de la clavicule et sur le pectoral de l'homme. Son plaisir montant, elle descendit graduellement ses mains vers la taille de l'homme, puis le saisi sous les fesses. Elle cessa ses baisers, ouvrit un peu la bouche, souffla un peu plus fort, mais sans faire de bruit. Plusieurs minutes passèrent ainsi. Les mains appuyaient maintenant fortement sur les fesses de l'homme qui bougeait toujours régulièrement, mais plus vite. Lilly dit des mots chinois, mordit l'homme sur le bras, rouvrit largement sa bouche et se mit à ahaner au rythme des mouvements de l'homme. Ses pieds qui jusque là étaient posés sur la table se retrouvèrent à la verticale, l'homme mit les jambes de Lilly sur ses épaules et s'allongea de nouveau sur elle, ses cuisses appuyaient sur son torse, ses genoux touchaient ses seins. Dans cette position fœtale, tout à coup, elle aspira vivement, se tut, ferma sa bouche et se crispa. L'homme stoppa aussitôt son mouvement pour ne pas perturber l'orgasme de Lilly, puis dès qu'elle se détendit, graduellement, il se mit à bouger de nouveau. Dès que le mouvement reprit, elle entrouvrit encore la bouche, attentive aux sensations données, toujours les yeux fermés, ses mains étaient restées sur les fesses de l'homme, son souffle faisait un faible bruit. Elle posait toutes les quelques secondes, du bout des lèvres, un baiser sur le pectoral qui était juste devant sa bouche et reprenait son ahanement. Le son de sa voix augmentait, elle parlait en chinois, quelques syllabes, reprenait son souffle rapide, parlait encore, elle entoura les cuisses de l'homme de ses pieds, cria en se cabrant, mais l'homme n'arrêta pas son mouvement, le ralentissant seulement, elle resta crispée beaucoup plus longtemps que la première fois bredouillant des mots anglais et des mots chinois. Son visage se couvrait de sueur. Elle faisait une sorte de *hannnn*... continu, elle ne redescendait pas de son orgasme, l'homme accéléra la cadence et en l'accompagnant elle augmentait le volume de sa voix.

Après trente-cinq minutes du début de ces orgasmes, Sam, très lentement, recula sa chaise roulante, centimètre par centimètre à l'aide de sa main valide. Marie qui s'était reculée de la table quand le grand homme noir avait posé Lilly dessus, se leva et tira doucement Sam en arrière. Lilly n'avait rien vu. Marie poussa le fauteuil sans bruit vers le bout de la table où étaient leurs pieds. Quand je les vis je me levai pour les rejoindre, Sam fit signe à Marie de l'emmener hors de la pièce et comme nous allions toucher la porte, Lilly dit assez fort :

« Sam, reste !... »

Marie conduisit alors le fauteuil roulant dans le coin des fauteuils de cuir et Sam fit disposer son siège dos à la table, il ne voyait plus le couple. Je m'étais mis de façon à les regarder toujours. Lilly arrêta de faire du bruit, l'homme s'était arrêté de bouger et se tenant sur ses bras tendus tous deux tournèrent la tête vers Sam. Lilly avait du relever la tête. Elle fit alors quelques mouvements de bassin pour se dégager de dessous l'homme mais se tenant fermement à son épaule lui signifiait qu'elle ne voulait pas quitter l'accouplement. Il accompagna le mouvement et se mit sur le dos. Lilly, assise sur les cuisses de l'homme, genoux contre son torse et appuyés sur la table. C'est elle qui guidait le mouvement maintenant. Elle ouvrit sa ceinture et déboutonna sa robe dont elle fit glisser les manches. Elle dégrafa son soutien-gorge et l'homme se mit à lui pétrir les seins. Elle fit une pose, mais resta empalée, elle ne regardait pas dans notre direction. Elle fit passer quelques mèches de cheveux derrières ses oreilles, retira ses lunettes et les posa sur la table. Se penchant en arrière, elle appuya ses mains sur les genoux de l'homme qui avait ses mains sur ses genoux à elle. Du pouce de sa main droite, il fit de petits massages vers le clitoris de Lilly qui mit la tête en arrière et sans plus bouger, elle eut un autre plaisir plus doux. Elle se redressa, repoussa de sa main la main de l'homme. Elle quitta l'accouplement, le sexe de l'homme était vraiment gros. Elle se retourna, s'assit sur la poitrine de l'homme, prit son sexe dans une main et mit le gland dans sa bouche mais pas plus. Comme le sexe était gros, elle devait ouvrir largement la bouche et accompagnait cette caresse de massages de sa main. Lui, lui prit les cuisses et tira son bassin et dès qu'il fut à portée, il la caressa de sa langue, léchant les lèvres, le clitoris et entrant dans son vagin. Elle cessa le mouvement de sa main, plus attentive à la caresse reçue qu'à la caresse donnée. Elle gardait le gland dans sa bouche mais ne bougeait plus. L'homme la léchait toujours, forçant aussi sa langue dans son anus et elle grogna un peu sous cette caresse. Un quart d'heure passa ainsi. Enfin, elle se leva sur la table, remit en place ses cheveux, se retourna et s'asseyant sur l'homme réintroduisit son sexe en elle. Assise, elle bougea un peu, s'appuyant sur ses genoux. Elle passa une main derrière elle pour pousser le sexe en elle plus profondément. Elle bougea un moment puis elle se redressa et s'allongea en entier sur l'homme, elle glissa sa main entre eux et remit le sexe en elle. Elle posa sa joue sur la poitrine de l'homme, serra bien les jambes pour accroître la pression sur le sexe noir. L'homme avait mit ses mains noires sur les fesses blanches et aidait au mouvement, puis tout à coup, il se mit à grogner en se cabrant, soulevant son bassin pour pénétrer Lilly le plus possible. Elle semblait sans poids dans ce mouvement. Il retomba, et elle se remit à bouger. Elle passa sa main derrière elle pour maintenir en elle le sexe qui ramollissait et eut alors un dernier orgasme les pieds et les jambes serrés. On la vit se détendre, ses jambes s'écarter de nouveau puis ils restèrent comme ça cinq ou six minutes sans bouger. Le disque de soixante-dix minutes était fini depuis bien longtemps et nous ne faisions pas de bruit. Son orgasme multiple avait bien duré trois quart d'heures. Elle chercha ses lunettes en tâtonnant puis se redressa, remit une mèche de cheveux derrière l'oreille et descendit de la table. Elle prit sa culotte sur la table et la mit. Elle ramassa sa robe tombée par terre et l'enfila sans la boutonner, puis faisant le tour de la table, elle ramassa son soutien-gorge. L'homme s'était assis en bout de table. Elle remit de chaque côté une mèche derrière les oreilles et vint s'affaler dans un fauteuil de cuir. Sam avait un sourire amoureux. Comme il n'avait pas regardé, elle pensa que quelque chose n'allait pas mais il la rassura en disant pour la troisième fois que ça ne devait pas être un spectacle, que c'était pour elle, un cadeau d'anniversaire. L'homme s'était levé, avait ramassé le pagne qui lui entourait les reins à son entrée et était sorti. On ne le revit pas de la journée. Lilly avait toujours sa robe ouverte et sa culotte était tâchée, mais ne s'en souciait pas.

« Je vais me rafraîchir » dit-elle après un long moment. Quand elle revint, elle avait une robe légère, froncée, en tissus très souple, courte à mi-cuisse, rouge. Elle avait gardé les seins nus dessous. Elle était recoiffée et un bandeau tenait ses cheveux, elle avait ses lunettes. Pendant son absence, la dame balinaise avait resservit des digestifs bien que l'après-midi fut assez avancé. Nous avions tous pris une mirabelle frappée. Il restait un verre vide pour Lilly.

« Sam, j'ai aussi un cadeau pour toi ! » dit-elle en se mettant face à lui à deux mètres et comme il la regardait étonné, elle releva sa robe au dessus de son nombril pour lui montrer qu'elle n'avait pas de culotte non plus.

On avait tous un peu trop bu et nous ne pouvions pas reprendre la route tout de suite, Sam proposa de nous garder pour la nuit et on accepta. Lilly ayant donné congé à la dame balinaise elle proposa à Marie de préparer ensemble un dîner léger. Je les accompagnai dans la grande cuisine aux nombreux plans de travail et avec un coin repas. Marie me renvoya auprès de Sam qui ne devait pas rester seul. Je lui dis que les femmes voulaient sans doute parler entre elles et qu'elles m'avaient chassé. Sam, malicieux, me proposa de les écouter et il me fit diriger son fauteuil prêt de la bibliothèque où il y a avait un interphone. Il mit le doigt sur sa bouche pour me dire de ne pas faire de bruit et appuya sur un bouton, une lampe rouge s'alluma. On entendit des bruits de couverts, la porte du frigidaire, des mots indistincts. Sam me regarda et fit un signe signifiant *tant pis, désolé*... Puis, on entendit plus nettement le bruit d'un couteau qui débitait des légumes sur une planche à découper, les femmes parlaient cuisine. Puis la voix de Marie :

« J'ai été très impressionnée tu sais… »

« Ah ? »

« Tu fais ça avec tellement de naturel ! »

« Ce n'était pas facile au début mais maintenant je suis indifférente aux regards autres que ceux de Sam. Je ne le fait que pour lui.»

« Mais là, tu n'as pas eu de plaisir ? »

« A ton avis ? »

« Je suis sûre que oui »

« La dernière fois que j'ai joui autant c'était avec Sam pendant notre voyage de noce au Canada… Lui aussi pouvait m'attendre longtemps et une fois en confiance, j'ai l'impression que je peux garder mon orgasme des heures, pas toi ?»

« Avec David, ce n'est pas facile, il ne peut pas m'attendre et presque toujours il jouit avant moi, alors orgasmes multiples… »

« Et avec d'autres hommes, c'est pareil ? »

« Non justement, c'est pour ça qu'au début j'ai voulu essayer avec un autre homme parce que je me sentais toujours frustrée, restée sur ma faim après l'amour. Les amants que j'ai eus restaient plus longtemps en moi que David, j'ai même eut plusieurs orgasme en une nuit d'amour avec un collègue de travail avec lequel j'ai eu une longue relation. »

« David le sait ? »

« Il l'a apprit par hasard et en a terriblement souffert. J'ai menti le plus possible pour minimiser cette relation, je lui ai dit qu'elle était finie depuis longtemps, mais en réalité j'ai continué en prenant plus de précautions. David avait trouvé un paquet de lettres de l'autre alors j'ai fait un grand ménage dans mes tiroirs et mon ordinateur et j'ai toujours détruit aussitôt les mots que je recevais. »

« Tu le vois toujours ? »

« Ça arrive… J'ai été très amoureuse d'un autre, un japonais plus âgé que moi, mais on ne se voit pas souvent. Parfois il vient ici quelques jours, parfois nous nous voyons à l'étranger.»

« Mais pourquoi restes-tu avec David ? »

« Je l'aime,… à ma façon. Il n'est pas très doué pour l'amour, mais il a d'autres qualités, alors je m'arrange. Il est jaloux et si je rentre d'un congrès par exemple, il me demande toujours si j'ai pris un amant.»

« Alors »

« Je lui dit systématiquement non ! »

« Et c'est vrai ? »

« Pas toujours. »

Elles partirent d'un éclat de rire.

Moi, j'étais très tendu sans être effondré et en même temps avide d'en apprendre davantage.

« Raconte ! »
« Oh, c'est tout simple, dans les congrès, si mon ami japonais est là nous couchons ensemble, s'il n'est pas là, j'accepte de temps en temps les propositions d'hommes seuls que je ne revois pas la plupart du temps. »

« Et c'est bon ? »

« Parfois. Dans ces relations j'essaye de ne penser qu'à moi mais ce n'est pas facile, les hommes commandent souvent l'action. Tu vois, pour jouir, j'aime être sur le ventre avec l'homme sur mon dos, mais les hommes ça les déroute, ils aiment faire ça à la missionnaire ou bien ils veulent des trucs qu'ils n'osent pas faire avec leur femme.»

« Il n'y a jamais eu de problèmes ? »

« J'ai pris quelques claques… »

« Tu ne crois pas que tu devrais en parler à David ? »

« Non, je suis sûre que non même s'il me dit le contraire. Des fois, j'ai envie de tout lui dire, je suis sûre que ça l'exciterait que je lui raconte mes aventures, mais je suis toujours retenue par la crainte qu'il prenne tout très mal et puis plus le temps passe et plus ça devient difficile de parler... »

« Je crois que tu as tord parce qu'une fois passé la douleur de la jalousie, peut être le ressentiment pour avoir été trompé, s'installerait entre vous une complicité sans laquelle le couple ne vit pas. Tu te sens complice de David ?

« Pas beaucoup. »

« Réfléchis à ce que je te dis. Tu fais souvent l'amour avec David ? »

« Quand j'ai envie »

« Et quand lui a envie ? »

« Il ne le manifeste pas et même si je m'en rend compte, je l'ignore. Je lui fait une pipe de temps en temps, mais pas souvent.»

« C'est peut être pour ça qu'il ne peut pas t'attendre, tu devrais essayer de le faire jouir avant de faire l'amour avec lui, là il pourrait t'attendre. »

« Tu crois ? »
« C'était comme ça avec Sam, il jouissait tout de suite, mais on ne s'arrêtait pas là et quand il retrouvait la forme, alors là j'avais tout le temps pour moi. Si tu veux avoir du plaisir avec un homme, il n'y a que deux possibilités : ou bien tu ne lui plais pas beaucoup et il dure, ou bien il a jouit peu de temps avant et il peut durer. »

« Tu as fait l'expérience ? »

« Tu as bien vu... »

« Non, je veux dire, tu as …trompé Sam ? »

« Non. »

« Mais là, tu viens de le tromper ! »

« Non, il le savait, il le voulait. Je n'ai jamais rien fait qu'il n'ait voulu ou qu'il n'ait su. »

« Tu as fait des choses qu'il n'avait pas organisées ? »

« C'est arrivé. »

« Et tu lui as dit ? »

« Oui. »

« Et il a accepté ? »

« Il était heureux que je sois heureuse et rassuré que je lui dise tout. »

« C'était bien ? »

« Pas aussi bien qu'avec lui. »

« Alors pourquoi ? »

« Parce qu'avant d'essayer on ne peut pas savoir. Et puis une fois, je l'ai fait avec une femme. »

« Ça t'a plus ? »
« Pas vraiment, je n'ai pas cette attirance, et puis j'aime sentir quelque chose en moi. »

« Pourquoi l'as tu fait alors ? »

« J'étais sollicitée, j'ai voulu essayer. Je l'ai dit à Sam et nous avons bien rit. »

« Il n'était pas jaloux ? »

« Il ne pouvait pas l'être d'une femme ! »

« Et des hommes ? … Sans qu'il le sache ? »

« Aucun sans qu'il le sache, même si parfois il l'a su après. »

« … »

« Quand nous avons commencé notre nouvelle vie de couple, après le début de sa maladie, il m'a fait rencontrer des hommes, tu le sais, certains ont voulu me revoir et il m'est arrivé d'accepter, rarement. Comme à cette époque Sam voulait voir, être témoin, il m'était facile de dire *oui* et de le lui dire avant pour qu'il nous voit, puis quelques fois, j'ai dit *oui*, il ne nous a pas vu mais je lui est toujours dit après. »

« Et il ne disait rien ? »

« Non, je lui donnais des détails sur mes sensations, sur ce que nous avions fait, cela lui procurait du plaisir. »

« C'est perverse non ? »

« Dans son état ? Comment crois-tu qu'il peut avoir du plaisir. Je me fous des normes, je veux qu'il aie tout le bonheur possible, c'est un être exceptionnel tu sais. »

« Je m'en doute… »

« Le type de ce soir, tu le vois en dehors…des spectacles ? »

« Non, c'était la deuxième fois, mais il est très très doux et alors que je reste sèche le plus souvent, avec lui je mouille beaucoup. Quand il est en moi, je suis très très très bien. Il est gros, et la première fois j'ai cru que je n'allais pas y arriver, d'autant que…tu t'en souviens, j'en avais un autre dans le cul. Mais j'arrive à le prendre comme un gant, et dès qu'il est dans moi, j'ai l'impression qu'il touche toutes les zones sensibles. J'ai parfois l'impression de le sentir jusqu'entre les épaules. »

Elles rirent ensemble.

«Là, je le sens encore. »

« Quand David m'a enculée, je l'ai senti pendant au moins une journée. »

« Oui, comme ça l'impression dure longtemps. Mais avec celui là, pas question de ça !»

Elles rirent encore.

« Tu as déjà joui en te faisant enculer ? »

« Oui. »

« Pas moi. Je crois que je commence à aimer ça en préliminaire. »

« C'est que tu as des réticences. Pour jouir comme ça, il faut que tu sois très détendue, très lubrifiée, très propre et que ça dure longtemps. Il n'y a pas un millimètre de muqueuses entre le cul et le vagin, caresser le cul, c'est caresser le vagin. Si tu arrives à jouir comme ça, si c'est long à venir, le plaisir dure plus longtemps. »

« Le type de ce soir, tu le connais ? »

« Ça fait deux fois qu'on baise… »

« Mais tu connais son nom ? Son adresse ? »

« Non, Sam le sait. Il te fait envie ? »

« Quand j'ai vu ce qu'il te faisait il m'a plu… »

« Si tu le veux, tu dois demander à Sam. Il a du le trouver par son site. C'est le fantasme du grand nègre avec une grosse queue ? »

« Non, c'est le désir de jouir comme toi, lui ou un esquimaux c'est pareil. Avec David je n'aurais jamais ça ! »

« Si tu ne lui dit rien, c'est sûr ! »

« Quel rapport ? »

« Si tu ne lui dit rien sur ce que tu fais, alors il ne te dira rien sur ce qu'il fait et vous ne parlerez plus du tout ! »

« Il ne fait rien ! »

« Tu es sûre ?… »

« Non, mais il ne dit rien… »

« Comme toi… Jamais vous n'avez parlé de vos fantasmes ? »

« Si une fois et une fois avec vous… »

« Mais c'est pas ça parler ! Parler des fantasmes, les évoquer ensemble, y revenir, ça évite souvent de les vivre et ça fait gagner du temps. Et puis, les vivre ensemble c'est mieux que les vivre séparément. Tu n'as toujours pas fait ton truc à trois, un devant un derrière ? »

« Non. »

« C'est lui ou c'est toi qui ne veut pas ? »

« C'est moi qui freine, lui il dit qu'il veut. »

« Mais franchi le pas ! Puisque tu en as envie, qu'est-ce que tu risques ? »

« Mais avec qui ? Je ne peux pas arrêter quelqu'un dans la rue et lui demander s'il veut bien me baiser pendant que je suce mon mari ! »

« Pourquoi pas ? Ce n'est pas sérieux : si tu veux trouver quelqu'un, tu peux trouver. Demande à Sam. »

« Oui, il faut que j'y arrive… »
« Fait le, David t'en sera reconnaissant, si tu réalises le fantasme d'un homme, il en devient extrêmement reconnaissant et tu le contrôles pour la vie. »

« Quand tu te fais sodomiser et baiser en même temps, c'est bien ? »

« Je ne l'ai pas fait souvent. Je l'ai fait quand Sam est sorti de l'hôpital parce que je savais qu'il avait eut envie de le faire, quand il allait bien, et qu'à cette époque on ne pensait pas à réaliser nos désirs. On en parlait. On aurait du. C'était bien, mais c'est à cause du grand Noir, sa peau douce, sa tendresse, dès qu'il a été dans moi, j'ai presque oublié celui qui était sous moi et le plaisir est venu de partout, mais je ne pensais pas à ce moment que j'avais une bitte dans le cul et une autre dans le vagin, il n'y avait qu'une seule sensation. Je ne me souviens même pas, après, si le blond m'a baisé dans le cul ou dans le vagin. »

« Je crois que c'était dans le cul ».

« Peut être. A ce moment là, je ne sentais plus la différence. »

« C'est quand même pas très naturel tout ça ? »

« Naturel ? »

« Normal. … Je crois que j'aimerais essayer avec deux hommes, un devant et un derrière…»

« Si on en a envie, c'est que c'est *naturel*, ça vient de la *nature*. Normal, c'est la norme et les normes ne sont pas toutes semblables. Accèpte l'idée que tu en as *envie*, que ce n'est pas une *expérience*. Tu connais le Kama Soutra ? »

« Oui, de nom. »

« Sam en possède une version en français, je vais lui demander qu'il te le montre. »

Elles nous appelèrent pour dîner et on mangea dans la cuisine. Après le repas, Lilly demanda à Sam de lui indiquer où était la version en français du Kama Soutra. Elle le trouva et voulu le donner à Marie, mais Sam le lui demanda. Il feuilleta le livre et au crayon marqua quelques passages.

« Tenez Marie, voulez-vous nous lire ces quelques lignes ?

*« Lorsque la femme baisse la tête et lève la partie médiane de son corps, cela s'appelle la position largement ouverte. A ce moment, l'homme doit appliquer quelque onguent pour rendre l'entrée plus facile.*
*Lorsqu'elle lève les cuisses et les tient toutes grandes écartées puis engage le congrès, cela s'appelle la position béante.*
*Lorsqu'elle ramène ses cuisses avec ses jambes reliées dessus, sur les côtés, et dans cette posture engage le congrès, cela s'appelle la position d'Irani ; la pratique seule peut l'apprendre.*
*Lorsqu'une femme place une de ses cuisses en travers de la cuisse de son amant, cela s'appelle la position liante.*
*Lorsque la femme retient de force le lingam dans son yoni, cela s'appelle la position de la jument. La pratique seule peut l'apprendre ; elle est surtout connue chez la femme du pays d'Andra.*
*Lorsqu'une femme lève ses deux cuisses toutes droites, cela s'appelle la position levante.*
*Lorsqu'une femme lève ses deux jambes et les places sur les épaules de son amant, cela s'appelle la position béante. Lorsque les jambes sont contractées et maintenues ainsi par l'amant devant sa poitrine, cela s'appelle la position pressante.*

*Lorsqu'une des jambes seulement est étendue, cela s'appelle la position demi-pressée.*

*Lorsqu'une femme place une de ses jambes sur l'épaule de son amant et étend l'autre, puis met celle-ci à son tour sur l'épaule et étend la première et ainsi de suite alternativement, cela s'appelle la fente du bambou.*

*Lorsqu'une des jambes est placée sur la tête et l'autre étendue, cela s'appelle la pose du clou. La pratique seule peut l'apprendre.*

*Lorsque les deux jambes de la femme sont contractées et placées sur son estomac, cela s'appelle la position du crabe.*

*Lorsque les cuisses sont élevées et placées l'une sur l'autre, cela s'appelle la position en paquet.*

*Lorsque les jambes sont placées l'une sur l'autre, cela s'appelle la position en forme de lotus.*

*Lorsqu'un homme, pendant le congrès, tourne en rond et jouit de la femme sans la quitter, la femme lui tenant toujours les reins embrassés, cela s'appelle la position tournante ; elle ne s'apprend que par la pratique.*

*Lorsqu'un homme et une femme s'appuient sur le corps l'un de l'autre, ou sur un mur, ou sur un piller et se tenant ainsi debout engagent le congrès, cela s'appelle le congrès appuyé.*

*Lorsqu'un homme s'appuie contre un mur et que la femme, assise sur les mains de l'homme réunies sous elle passe ses bras autour de son cou et, collant ses cuisses le long de la ceinture, se remue au moyen de ses pieds dont elle touche le mur contre lequel l'homme s'appuie, cela s'appelle le congrès suspendu.*

*Lorsqu'une femme se tient sur ses mains et ses pieds comme un quadrupède et que son amant monte sur elle comme un taureau, cela s'appelle le congrès de la vache. A cette occasion, il convient de faire sur le dos tout ce qui se fait ordinairement sur la poitrine.*

*Lorsqu'un homme jouit en même temps de deux femmes qui l'aiment également toutes deux, cela s'appelle le congrès uni.*

*Lorsqu'un homme jouit en même temps de plusieurs femmes, cela s'appelle le congrès du troupeau de vache.*

*A Gramaneri, plusieurs jeunes gens jouissent d'une femme qui peut être mariée à l'un d'eux, soit l'un après l'autre, soit tous en même temps. Ainsi, l'un la tient, l'autre en jouit, un troisième s'empare de sa bouche, un quatrième de son ventre, et de cette façon, ils jouissent alternativement de chacune de ses parties.*

*Même chose peut se faire quand plusieurs hommes se trouvent en compagnie d'une courtisane. Et les femmes du harem du roi de leur côté peuvent en faire autant quand, par hasard, elles mettent la main sur un homme.*

*Les gens des contrées méridionales ont aussi un congrès dans l'anus.*

*Ainsi finissent les diverses sortes de congrès. Il y a aussi, sur ce sujet deux versets dont voici le texte :*

*Une personne ingénieuse doit multiplier les sortes de congrès en imitant les différentes espèces de bêtes et d'oiseaux. Car ces différentes sortes de congrès, opérées suivant les usages de chaque pays et la fantaisie de chaque individu engendrent l'amour, l'amitié et le respect dans les cœurs des femmes. »*

Sam et moi fumions lentement un Havane, Marie avait lu sans s'émouvoir. Sam avait fait de brefs commentaires pour que Lilly put suivre la lecture. Marie posa le livre sur ses genoux et regarda quelques unes des illustrations sur lesquelles une femme droite sur ses jambes, le torse à l'horizontal, avait contre ses fesses un homme qui lui soutenait la taille et dont on voyait les testicules et une petite partie du sexe – l'autre étant dans la femme – alors qu'elle tenait la taille d'un autre homme et avait pris son sexe dans sa bouche. Marie resta un moment sur la gravure, et la posant sur la table dit :

« Lequel est le mari ? »

# XII
# Lecture appliquée.

Q uand nous fûmes seuls, je ne fis aucune allusion, ni en paroles ni par mon attitude à sa conversation surprise avec Lilly.

Nous avions une grande chambre à l'étage, Sam et Lilly dormaient au rez-de-chaussée. Il y avait au sol, sur un parquet ancien et ciré un tapis russe classique, des meubles de bois peint. Le lit, un haut king-seize au matelas épais et dur. En sortant de la douche, je dis à Marie que j'avais aimé quand elle avait lu avec précaution les extraits du Kama Soutra. Elle prit le livre, l'ouvrit au hasard et le parcouru des yeux, puis elle rechercha les pages que Sam avait marquées et elle lu :

*« Lorsqu'une femme lève ses deux cuisses toutes droites, cela s'appelle la position levante.*

*Lorsqu'une femme lève ses deux jambes et les places sur les épaules de son amant, cela s'appelle la position béante. Lorsque les jambes sont contractées et maintenues ainsi par l'amant devant sa poitrine, cela s'appelle la position pressante.* Pourquoi est-ce qu'on n'a pas d'imagination, on fait toujours la même chose ? Quand on s'est marié, ta tante nous a offert un livre de cuisine, on devrait offrir aux jeunes mariés un traité d'éducation érotique. »

Comme elle était allongée sur le lit, elle leva ses cuisses toutes droites, les pieds donc en l'air et me dit :

« On peut y arriver comme ça ? »

Je la regardai, intéressé, surpris, elle n'avait quasiment jamais eut d'initiatives… Je vins me placer, à genoux, contre ses cuisses levées, mon bassin lui arrivait aux genoux et on ne pouvait pas faire grand-chose comme ça. *Cette positon ne s'apprend que par la pratique* dit le livre, je commençais à comprendre pourquoi. Il fallait que je m'asseye sur mes talons mais aussi que je lui soulève le bassin. J'appuyai sur ses cuisses pour lui faire lever les fesses, je glissai mes cuisses sous ses reins et lui reposai les fesses sur mes cuisses. Elle était maintenant à ma hauteur, mais nos sexes faisaient un angle droit. Je pris mon sexe en main, le forçai vers le bas et réussi à m'introduire. Pour moi, c'était un peu douloureux. Marie faisait alors reposer ses jambes sur mes épaules, je m'appuyais sur elles jusqu'à ce que ses genoux, touchent ses épaules. Je mis mes mains sous ses épaules. Là, j'étais très bien, je m'enfonçai très profondément. Elle fit quelques mouvements du bassin, c'était bon. Elle devait se sentir un peu oppressée car elle fit glisser tour à tour ses jambes et posa ses pieds sur le lit, genoux levés. Avec le pouce, je lui massai le clitoris, mais ça ne lui fait jamais grand-chose. Je sorti et lui fit quelques baisers sur le clitoris et les lèvres. Elle se leva, comme on s'enfonçait dans le lit, elle alla sur le tapis. Elle avait le livre à la main.

*« Lorsqu'une femme se tient sur ses mains et ses pieds comme un quadrupède et que son amant monte sur elle comme un taureau, cela s'appelle le congrès de la vache. A cette occasion, il convient de faire sur le dos tout ce qui se fait ordinairement sur la poitrine. »*

« On fait la vache ? »

Elle se mit à quatre pattes et pour me mettre derrière elle, je du lui faire écarter les genoux. Le livre n'en parlait pas. Je me mis à genoux entre ses cuisses et m'aidant de ma main la pénétrais facilement. Je fis quelques mouvements du bassin, mais elle ne pouvait pas s'appuyer sur quoi que ce fut, et pour qu'elle résiste à mes coups de reins, je du lui tenir fortement la taille, puis la prenant par les cheveux, je tirai sa tête en arrière. Après quelques coups, elle posa ses avants bras au sol et posa son front dessus. Là encore, c'était très bon, et la pression vers le bas sur mon sexe m'empêchant de jouir rapidement, me permettait enfin de durer longtemps avec elle aussi. Si on avait pu faire ça avant… Dans cette position, son cul était offert, je mis mon doigt dessus, mais comme il était sec, je n'entrai pas. Elle balançait doucement son bassin d'avant en arrière, c'était très bon pour moi.

*A cette occasion, il convient de faire sur le dos tout ce qui se fait ordinairement sur la poitrine.*

« Essaye de me masser sous les omoplates comme s'il y avait des seins. »

Je me penchai un peu pour atteindre le haut de son dos, mon ventre appuyait sur son cul et elle me dit que c'était bon. Je lui massais aussi le dos le long de la colonne vertébrale, le haut des fesses, que je me mis à pétrir, elle se mit à faire un petit bruit régulier. J'essayai d'accompagner ce gémissement de mouvements du bassin et en quelques minutes, elle eut un orgasme et j'avais pu l'attendre ! Après son plaisir, elle se désunit doucement et se coucha sur le côté. Je m'allongeai contre son dos, glissant mon sexe dans son entrejambe, mais sans entrer. Je l'entourais de mes bras. J'avais envie d'elle, mais comme j'étais heureux d'avoir pu l'attendre, j'aimais rester ainsi. Elle me proposa que l'on se couche. Au lit, elle parcourait toujours le livre.

*« Lorsqu'un homme jouit en même temps de deux femmes qui l'aiment également toutes deux, cela s'appelle le congrès uni.*

*Lorsqu'un homme jouit en même temps de plusieurs femmes, cela s'appelle le congrès du troupeau de vache. Tu as déjà fait l'amour avec deux femmes ? »*

« Non, mais une fois deux étudiantes ont voulu me faire plaisir et on s'est mit au lit, une de chaque côté. C'était deux chinoises et pendant que l'une m'embrassait avec la langue, l'autre me suçait. Elles ont changé de position et j'ai fini par jouir. »

« C'était bon ? »

« Avoir en même temps les lèvres, la langue et le sexe embrassé est peut être ce que j'ai connu de mieux. »

Elle feuilletait toujours le livre. Elle se mit à lire :

*« De l'auparishtaka ou congrès buccal. »*

Elle se mit à lire pour elle même.

« Il y a huit étapes quand on fait une pipe »

« Ah ? »

« Le congrès nominal, le mordillage des côtés, la pression extérieure, le baiser, le polissage, la succion de la mangue et l'absorption. »

« Ça donne envie… »

« Tu sais que seuls les hommes peuvent sucer un homme ? »

« Je n'aimerais pas ça »

« *L'auparishtaka est également pratiqué par des femmes dissolues et libertines et par des servantes non mariées qui vivent de la profession de masseuses.* »

Elle continua de lire à voix basse.

« *Les gens de l'Inde Orientale ne s'adressent pas aux femmes qui pratiquent l'auparishtaka.* »

Elle continua de lire un moment puis posa le livre.

« C'est drôle de trouver normal qu'une femme puisse faire l'amour avec quatre hommes en même temps pendant que son mari la tient mais qu'elle ne peut pas lui faire une pipe… Chez nous, traiter une femme « d'enculée », c'est une insulte, pour moi, c'est plutôt un compliment.»

Je pensais alors à son échange avec Lilly sur *l'amour naturel et l'amour normal*.

« La norme dans l'amour n'a rien à voir avec la nature. Tout ce qu'on a envie de faire est normal. »

« Je n'aimerais pas être prise par trois hommes en même temps pendant que tu me tiens… »

« Pourtant, dans le livre, c'est *normal*… »

« … mais je crois que j'ai envie de faire l'amour avec deux … »

Mon rythme cardiaque s'accéléra d'un coup, je sentais presque l'adrénaline couler dans mes veines.

« Tu sais que je serai d'accord… Tu veux vraiment ?… »

« … »

« Qu'est-ce que tu aimerais ? »

« … Je crois que j'aimerais être entre deux hommes, tu me ferais l'amour puis il me prendrait à son tour … et puis on changerait comme ça plusieurs fois… »

« D'accord… »

« … et puis … je voudrais vous avoir tous les deux en même temps … dans le minou et dans le cul… »
« D'accord ! »

« … mais avant de faire ça, … je voudrais avoir ta bite dans ma bouche tout en me faisant pénétrer… »

« D'accord !! »

« C'est vrai ? … Mais il faudrait que tu m'attendes, que tu jouisses en dernier, dans ma bouche ou le minou, mais après l'autre. »

« J'essayerai… »

Elle posa le livre et me prit dans sa bouche, et si les huit étapes n'y étaient pas, j'eus rapidement beaucoup de plaisir. Elle me garda dans sa bouche et s'endormit la tête sur mon ventre, mon sexe dans sa main.

# XIII
# Lilly et nous.

Sam avait insisté pour que Marie gardât le livre. Les préceptes sur les onguents, les tisanes et les épices étaient culturellement marqués et sans application pratique, mais la lecture du livre rendait les réticences de Marie moins tenaces.

Marie reçut de Lilly un message sans aucun commentaire :

*Lorsqu'un homme jouit en même temps de deux femmes qui l'aiment également toutes deux, cela s'appelle le congrès uni.*

Marie me le montra et nous convînmes que c'était de la part de Sam et de Lilly une invitation. J'échangeai quelques messages avec Sam, jamais je n'avais communiqué directement avec Lilly. Il me confirma que d'accord avec Lilly, ils avaient souhaité que Lilly, Marie et moi fissions l'amour et que lui participerait passivement. J'en parlai à Marie qui avait été influencée pas la lecture du livre qui déplaçait les bornes de la normalité et elle accepta le principe mais sans passion, comme poussée par une volonté extérieure. En roulant vers Skillman, Marie ne disait rien. Lilly embrassa Marie sur les deux joues avec empressement et me déposa comme à son habitude un baiser sur la bouche. Au lieu de nous conduire au salon, Lilly nous dirigea vers le bureau de Sam qui était en train de lire. A notre arrivée, il posa le livre et nous remercia d'être venus. Lilly prit Marie par la main et dit qu'elles allaient se doucher. On entendit des bruits divers, l'eau couler et quelques rires. Dix minutes plus tard, elles revinrent dans le bureau, Lilly entourée dans un peignoir, Marie torse nu, une serviette autour des reins. Elles m'invitèrent à me doucher à mon tour. Je revins avec moi aussi une serviette autour des reins, et quand je fus près de Marie, elle prit ma serviette pour se sécher les cheveux et je me retrouvai à poils.

« Let's go » dit Lilly, et prenant le fauteuil de Sam, elle se dirigea vers leur chambre. Marie me prit la main. Lilly installa le fauteuil près du lit et presque aussitôt, mit ses bras autour de mon coup et força sa langue dans ma bouche. Elle me poussa sur le lit, et comme nous en étions au bord, on alla s'installer sur les oreillers. J'étais sur le dos et elle reprit son baiser. Timide, n'osant pas, mais transgressant, j'effleurai son sein magnifique du bout des doigts, mais comme je n'osai pas insister, Sam étant tout près de nous, je glissai ma main sur son dos et sa hanche. Marie me prit dans sa bouche et je réagis par un grognement de plaisir et de surprise tout en cambrant le dos. Je repensai aussitôt aux huit étapes de *l'auparishtaka* et à notre crasse inculture des choses de l'amour physique quand nous étions des universitaires reconnus dans leur domaine. J'avais peur de jouir très vite et je serrai le drap de ma main libre. Mais Marie avait fait des progrès remarquables, elle savait maintenant doser ses effets et suspendre au juste moment la caresse pour la faire durer. Croyant pouvoir me contenir, je repris le sein de Lilly, souple, ferme et élastique, le téton bien dur, mais je sentis aussitôt revenir le désir et repris le drap. Lilly se redressa et aussitôt Marie me quitta. Lilly me prit dans sa bouche tout de suite profondément alors que Marie ne prend dans la sienne que le bout du gland. C'était incroyablement bon. Marie mit sa langue dans ma bouche et son doigt dans mon nombril. Lilly me caressait les genoux. Quand elle sentait que j'étais près de jouir, elle cessait de bouger la tête et serrait la base de mon pénis fortement avec ses doigts. Elles changèrent encore plusieurs fois.

Comme Marie m'embrassait, de ma main gauche je lui mis les doigts sur les lèvres et les caressant doucement, j'introduisis un doigt dans son vagin. Je senti que Lilly me quittait et un instant, j'espérai qu'elle allait me reprendre, mais Marie avait aussi retiré sa langue, bien qu'elle garda ses lèvres contre les miennes. J'ouvris les yeux et vis que Lilly était agenouillée entre les cuisses de Marie et qu'elle lui léchait le cul. Je repoussai Marie, la mettant sur le dos et me remis à l'embrasser. Elle leva les genoux et ouvrit les cuisses pour que Lilly puisse lui lécher la vulve et lui embrasser l'intérieur des cuisses. Lilly et moi massions les seins de Marie, nos mains se rencontraient dans cette caresse. Lilly se leva, et comme j'étais seul avec Marie sur le lit, tout en l'embrassant je mis deux doigts en elle pour lui caresser le vagin. Lilly alla ouvrir un tiroir de sa table de nuit et revint se placer entre les cuisses ouvertes de Marie. Elle repoussa ma main, je me redressai pour voir ce qu'elle faisait. Soulevant le bassin de Marie et lui posant les fesses sur ses genoux, écartant ses genoux, elle introduisit un petit godemiché nickelé auquel était accrochée une chaînette. Je repris la bouche de Marie et les caresses sur ses seins. Quelques minutes suffirent pour l'amener au plaisir. Lilly laissa l'objet dans le corps de Marie, se releva et revint avec un tube de vaseline. Elle retira le gode, l'enduisit abondamment, souleva de nouveau le bassin de Marie, introduisit son doigt lubrifié dans l'anus puis entra le gode doucement. Quand il fut entré en entier, elle me prit pas le bras et m'invita à prendre sa place. Je m'installai alors à genoux entre les cuisses de Marie. Lilly embrassait déjà Marie, lui pétrissant les seins alors que je ne fais que les palper, je soulevai le bassin de Marie et je la pénétrai. Lilly se redressa à son tour et restant à genoux mit la tête de Marie sur ses genoux, lui caressant les cheveux, le visage, le cou et les seins. Dans cette position je ne pouvais pas bouger beaucoup. Je pris Les genoux de Marie sous le creux poplitée et les posai sur mes épaules. Lilly s'allongea sur Marie, chercha la petite chaîne du gode et lui faisant faire des mouvements de pénétration amena Marie à l'orgasme. J'avais pu l'attendre encore ! C'est que là, aucune image fantasmatique ne venait se surimposer à mes sensations m'imposer un plaisir que je pouvais retenir. Après le plaisir de Marie, Lilly enleva le gode et le posa sur la table de nuit. J'étais toujours en elle, je me retirai aussi. Lilly, à quatre pattes vint me reprendre dans sa bouche, m'avalant profondément. Elle mettait sa main sur mes couilles ce que Marie ne pense pas à faire et c'était bon, puis elle se mit sur le dos et en écartant les jambes elle me tendit la main, attrapa mes doigts et me tira sur elle. Sans l'aide des mains, je me retrouvais en elle. Elle était très chaude, très lubrifiée et très serrée, j'avais des arythmies tellement j'avais conscience de la profanation. J'essayais de ne pas bouger pour tenir un peu, elle avait les jambes très ouvertes, les genoux relevés et je jouis d'un coup honteux, essayant de ne pas trop montrer mon plaisir. Elle n'avait pas bougé. Elle attendit une minute avant de me repousser. Elle s'assit sur le lit, pris le godemiché et assise, genoux levés et bien écartés, la tête en arrière, elle se donna le plaisir que je n'avais pu lui donner.

J'avais honte de moi, j'aurais voulu être Tarzan et faire jouir ces deux femmes, mais je n'en avais fait jouir aucune, je restais comme un adolescent qui se purge, incapable de me dominer. Je savais que comme Sam, mon cerveau dirigeait tout et que, sensible au-delà du raisonnable à l'érotisme des situations, mon plaisir s'imposait moins par la caresse ressentie que par l'image que j'avais de ce que nous vivions.

Lilly ne manifesta pas sa déconvenue, mais croisant le regard de Marie, je lu le reproche et l'amusement moqueur. Comme pour me le faire payer, elle se rapprocha de Lilly, l'embrassa, lui caressa les seins avant de les presser plus fortement, elle poussa sa main vers le sexe d'où perlait encore les gouttes de mon sperme comme à la découverte d'un pays étranger et pourtant familier.

Lilly se mit sur Marie, son sexe presque à toucher son visage, elle lui fit écarter les cuisses et se penchant, se mit à la lécher. Elle devait attendre la langue de Marie sur ses lèvres, mais elle resta passive, peut-être par égoïsme, peut-être par dégoût d'y sentir mon sperme ou plus simplement de sucer une femme. N'arrivant pas à la faire jouir avec sa langue, elle reprit le gode sur la table de nuit et dans la même position branla Marie le temps qu'il fallu pour l'amener au plaisir.

# XIV

## Marie vit son rêve.

Marie me dit avoir aimé ce trio et regretta de ne l'avoir pas fait plus tôt. Si elle avait peu touché le corps de Lilly, elle avait aimé le contact de sa peau et confirmait qu'une femme fait à une femme des caresses  mieux acceptées et plus efficaces. Elle me dit aussi qu'elle aurait aimé que cela dure plus longtemps et que je devais faire des efforts pour me retenir. Enfin, comme un aveu, elle dit avoir été troublée, quand Lilly assise sur elle la branlait, par les odeurs émanant de sa vulve posée sur son nez où se mêlaient celle de mon sperme et celle plus sucrée du sexe de Lilly. Attirance ou rejet, elle ne savait pas décider. Si elle avait à peine effleuré du bout des doigts le sexe de Lilly, elle ne l'avait ni caressé, ni pénétré et moins encore embrassé ou léché, il y avait chez elle comme un dégoût du corps de la femme qui faisait peut-être écho à un certain malaise qu'elle ressentait vis-à-vis du sien. Par exemple, elle ne se caressait jamais et ne s'était jamais masturbée.

A ce stade, avec ce que j'avais surpris de sa conversation avec Lilly, je n'avais plus à redouter un contact avec un autre homme, ce ne serait plus une première, avec ce qu'elle venait de vivre, il n'y avait plus d'obstacle pour que nous passions au trio où Marie serait seule femme. Elle me demanda d'obtenir de Sam la possibilité de contacter le grand noir basketteur et je lui demandai pourquoi celui-là, déjà jaloux car si un partenaire théorique ne me posait pas de difficulté, la savoir avec quelqu'un que je connaissais était encore un peu difficile. Comme la plupart des hommes, sans être complexé par ma taille, je me trouvais trop petit ou trop court bien que sans doute dans la norme, et cet homme étant au delà, je me disais qu'elle cherchait avec lui ce que je ne pouvais pas lui donner.

Sam me dit que J. (ce n'est pas son  vrai nom) était devenu professionnel depuis qu'il avait rencontré dans des soirées organisées par lui grâce au site, des femmes ou des couples qui avaient demandés à le revoir. Il avait compris le parti qu'il pouvait tirer de ses talents. Quand Sam l'avait appelé pour l'anniversaire de Lilly il refusa d'être payé comme il avait refusé de l'être quand Lilly et lui avaient fêté le retour de Sam, mais Sam avait absolument voulu le payer car c'était un cadeau pour Lilly et il convenait qu'un cadeau fut payé. Il me dit que le tarif de base était 300$ pour une participation sans particularité, c'est en tout cas ce qu'il avait donné à J.

J'appelai J., il se souvenait de nous lors de l'anniversaire de Lilly. Je lui dis nos attentes, Marie voulait me sucer en se faisant baiser. Je lui dis aussi qu'elle avait été touchée par la façon qu'il avait eut de faire l'amour à Lilly et que c'était elle qui l'avait réclamé.

« C'est tout ? Mais pourquoi perdre 300$ pour quelque chose d'aussi simple, dans n'importe qu'elle soirée de Sam vous faites ça pour rien ! »

« Oui, peut être, mais Marie ne veut pas de spectateur et elle tient à ce que ça soit vous. »

« Je mets un préservatif… »

« Je crois que Marie n'aimera pas ça… Avec Lilly, vous n'en aviez pas mit. »

« Avec elle, c'est différent. … Bon, d'habitude vous êtes prudent ? On verra alors. »

Je lui demandai de venir dimanche matin avec l'accord de Marie, mais il était déjà retenu, ses dimanches étaient pris avec plusieurs semaines d'avance. Comme on ne voulait plus attendre, on se donna rendez-vous pour un soir de la semaine. Il arriva avec un petit sac à dos, il était souriant et gentil. Il demanda à Marie d'aller se doucher, pendant ce temps je lui remis les 300$. Je le conduisis à la chambre. Il sorti de son sac une grande serviette qu'il étala sur le lit et quelques flacons qu'il posa sur une des tables de nuit.

Marie entra en peignoir, je suis sûr qu'elle était émue et que peut être elle hésitait encore, mais il n'était plus guère possible de reculer. Comme nous restions plantés là, il comprit que nous étions néophytes et il prit avec tact la direction des opérations. Il alla vers Marie et dénoua la ceinture de son peignoir, et glissant ses mains par l'échancrure, en atteignant les épaules il la dénuda d'un coup. Il l'a prit dans ses bras pour la poser sur la serviette et enleva son tee-shirt, son jean et son slip. Comme ils étaient nus tous les deux, je me dévêtis aussi. J. mit Marie sur le ventre et d'un flacon fit couler sur le dos une huile épaisse qui sentait la vanille. Il massa bien la nuque, le dos et descendit ainsi jusqu'aux pieds, puis il la retourna et reprit son massage en partant cette fois des pieds pour finir au front. Il redescendit ses grandes mains pour malaxer les seins beaucoup plus fortement que je ne l'aurais fait. Il prit le bout des seins dans sa bouche, fit la lente descente vers le bas qui donne tant de plaisir et mit sa langue sur le sexe de Marie. Je m'étais rapproché d'elle et en me regardant, elle me prit la main, puis elle tourna la tête vers le plafond et ferma les yeux. J. faisait aller sa langue entre les lèvres de Marie depuis un moment, puis il se redressa.

« Vous êtes prête Marie ? »

Moi, mon cœur battait la chamade, j'avais attendu ce moment depuis si longtemps ! S'approchant d'elle, il guida son sexe vers celui de ma femme et resta contre l'entrée en appuyant à peine. Il me paraissait très gros et je m'étonnais qu'une femme puisse absorber un truc aussi gros.

Il était maintenant allongé sur elle, appuyé sur le coude droit, il massait les seins alternativement de la main gauche, son sexe à l'entrée de celui de ma femme devait, je l'imagine, par la pression qu'il exerçait contituer pour elle une caresse lente et nouvelle. J'avais bien des choses à apprendre… Marie me saisi le poignet. De la main gauche, il demanda à Marie d'écarter plus fortement les cuisses, alors, elle ferma les yeux fortement en faisant *hmmmm*... Sans qu'il ne bouge le bassin, par la seule pression sur l'entrée du vagin et le mouvement des jambes de Marie, il s'était ouvert et commençait d'accueillir doucement le grand et gros sexe. Par des mouvements de son bassin, elle cherchait à se faire pénétrer davantage, affirmant son acceptation, son désir de la pénétration, lui restait encore immobile. Marie avait aussitôt fortement serré mon poignet. L. cambra les reins doucement et s'engagea plus profondément. Marie réagissait à ces mouvements par des souffles étouffés, elle devait avoir le vagin dilaté comme sans doute jamais auparavant. Elle était tellement prise par cet accouplement qu'elle semblait oublier ce que nous devions faire. Elle restait sur le dos, cuisses largement ouvertes prenant le plaisir comme il venait. Quelques minutes plus tard, comme la pression sur mon poignet augmentait, elle se mit à grogner différemment et à jouir. L. resta en elle en bougeant très faiblement. Il lui embrassa le cou, les oreilles, le front et caressa ses seins. Elle était déjà en sueur. Elle ouvrit les yeux, me regarda souriante et me dit *« ça va ? »* Je fis *oui* de la tête, comme j'étais avec elle, je ne sentais plus aucun sentiment de jalousie, j'étais bien et j'avais eu du bonheur à la regarder. L. accéléra lentement le rythme du piston et Marie eu un second orgasme, mais cette fois elle avait lâché mon poignet et avait des deux mains appuyé sous les fesses de l'homme pour le pousser en elle. Comme j'étais assis à côté de son visage, d'une main elle chercha mon sexe qu'elle caressa un moment. L. avait reprit un mouvement lent de pénétrations. Se dressant un peu, elle voulu me prendre dans sa bouche et je du me mettre de côté en redressant mon bassin pour y arriver. *C'est bon* dit-elle et elle accorda les mouvements de pénétration de mon sexe dans sa bouche à ceux de L. dans son vagin. Mais la position n'était pas confortable et L. qui avait plus d'expérience que nous le savait. Il prit alors Marie par les épaules en s'allongeant sur le dos sans la quitter. Il l'aida à s'asseoir sur lui, je n'avais plus qu'à me mettre debout, d'enjamber L. et je remis mon sexe dans la bouche de Marie qui me retenait à elle par les cuisses. Mais comme ça, contre toute attente, elle ne jouissait pas. L. dit alors :

« On va changer de position »

Je me retirai de la bouche de Marie et descendit du lit. L. posa les pieds par terre, se redressa, toujours planté dans Marie. Il se mit debout. Il prit la cuisse droite de Marie, la releva à la hauteur de ses reins et lui fit plier la jambe pour que son talon à elle vienne serrer ses reins à lui. Alors, il prit la jambe gauche, en leva le genou à la verticale, puis la jambe qu'il passa devant lui. Il tenait Marie fermement de sa main droite, de la gauche il lui fit détendre la jambe droite et elle finit de tourner. Il était maintenant dans son dos. Il l'a remit sur le lit, ils étaient tous deux agenouillés et accouplés. Il me fit me placer devant et asseoir sur mes talons. Alors, il fit pencher Marie qui me reprit dans sa bouche. L. la tenait par les hanches et après lui avoir donné un nouvel orgasme *doux*, la pilonnait assez violemment. De ses larges mains, il se mit à la fesser sans qu'elle paraisse souffrir de cette caresse violente que je n'avais jamais osée. Elle tenait toujours mon sexe dans sa main gauche, juste au bord de ses lèvres, mais elle avait les yeux fermés et la bouche ouverte, la tête s'appuyant sur mon ventre. Sa salive coulait sur moi, elle ne me suçait plus, comme ignorante de moi, et comme elle grognait avec la régularité du boléro de Ravel, j'ai pensé qu'elle avait eut un orgasme continu.

L. cessa bientôt tout mouvement et avec précaution se retira, elle tomba sur le côté. Il vint s'asseoir en tête de lit du côté où je n'étais pas et caressant le front de Marie lui demanda si elle allait bien. Elle fit *oui* de la tête et se tournant vers lui et se redressant, me lâchant, elle lui prit le gland entre les lèvres. Il fallait qu'elle ouvre fortement la bouche. Je la poussai sur le dos et me mit sur elle. Passant ma main entre la serviette et son ventre, j'entrai dans son vagin distendu et comme elle faisait *oui* de la tête, je me mis à aller et venir, allongé sur elle. Dans cette position, ses fesses appuyaient sur mon ventre, c'était bon, mais c'était aussi difficile de tenir. Je voulais être à la hauteur et durer pour lui donner moi aussi du plaisir, mais j'étais très excité et pour ne pas éclater, je tentais de penser à autre chose, d'oublier mes sensations. Mais il y avait ses fesses qui appuyaient sur mon ventre et comme elle se cambrait un peu, doucement, elles appuyaient plus fort.

Se cambraient-elle sous mes caresses ou bien au ressac des caresses de L. ?

J'alternais le rythme des pénétrations, je cherchais son plaisir, mais elle ne réagissait pas, elle semblait ne plus faire attention à moi, inconsciente peut-être au fait qu'un homme bougeait en elle. De ses doigts, de ses mains, de ses lèvres et de sa bouche, elle découvrait le sexe noir et s'en régalait. Elle lui caressait les bourses, ce qu'elle ne m'avait jamais fait, l'entre cuisse, les fesses, caressait le sexe de ses joues, de son front pour le reprendre dans sa bouche. Puis elle appuya fortement sur mon épaule sans que je comprisse ce qu'elle attendait et elle dit :

« Je veux changer… »

Je me retirai et l'homme comprit qu'il devait prendre ma place. Elle n'était plus disposée aux préliminaires, ce que son professionnalisme lui permettait de comprendre et il la pénétra rapidement, ce qui la fit se cambrer et gémir. Je n'arrivais pas à faire ça. Il se contentait de pistonner, elle, par des mouvements de ses jambes, les ouvrant, les resserrant, passant ses talons sur les reins de l'homme, cherchait la position qui déclencherait de nouveau le plaisir sans y parvenir. Elle paru se souvenir que j'étais là et, sa main me cherchant, toucha mon genou puis ma cuisse. Je me rapprochai un peu et elle saisi mon sexe de sa main gauche, lui la pénétrait toujours très régulièrement. Elle commença doucement à ahaner, il accéléra progressivement comme montait le soupir des anges. Maintenant il allait vite, fort, se redressant en s'appuyant sur un bras, de l'autre il lui caressa le visage, puis lui tira les cheveux, puis il la gifla. Pas trop fort, mais assez pour laisser une trace. De la tête, elle avait acquiescé, alors il gifla l'autre joue, puis recommença un peu plus fort. Au bruit qu'elle faisait, au rouge de ses joues, à la sueur qui perlait sur son corps, il me semblait qu'elle jouissait depuis un moment, perdue dans un état second où douleur et plaisir se confondent. Elle ne m'avait pas lâché, me serrant très fort maintenant. Ces minutes semblaient éternelles, et tout à coup, elle me lâcha, saisi des deux mains les fesses de l'homme qu'elle enfonça au plus profond d'elle, il cessa tout mouvement, elle se cambra et cria au moment du climax de son orgasme qui dura peut-être dix secondes.

Elle se détendit, ouvrit les yeux, sourit à l'homme, puis se tourna vers moi je visage rayonnant et joyeux.

Il restait en elle sans bouger, puis repris un lent mouvement qui tenait plus de la caresse que du sexe.

« please, cum now… » (s'il-te-plait, jouis maintenant… )

Ils se regardaient dans les yeux, elle guettait le plaisir de l'homme, celui qu'il allait prendre mais surtout celui qu'elle allait lui donner. Alors il gémit à son tour, elle lui souriait pour montrer son plaisir. Il commença de jouir en elle, puis, comme pour l'honorer, la quittant et s'aidant de sa main, lui envoya encore quelques jets sur le ventre, jusqu'aux seins et au cou.

Il était épuisé et s'allongea sur le dos à la droite de Marie, elle prit son sexe dans sa main droite et reprit le mien dans la gauche. Elle me quitta, et de ses doigts libérés, elle effleura ses petites lèvres d'où coulait le sperme qu'elle porta à sa bouche. Elle prit encore du sperme sur son ventre pour s'en régaler. Sur sa toison blonde, bouclée et clairsemée, il y avait des gouttes blanches.

« Viens maintenant ! »

Je me mis sur elle, et elle me guida de sa main gauche. C'était chaud et très humide, j'essayais de ne pas penser qu'elle était pleine du sperme de l'autre et comme elle était très ouverte, mes sensations physiques étaient faibles. Puis je me mis à revoir son visage heureux quand elle caressait des mains et des lèvres le sexe noir et je parti d'un orgasme minable et douloureux d'avoir tant attendu. Elle était comme indifférente à moi ou pour le moins à mes caresses. L. lui avait donné plusieurs orgasmes plus ou moins continus ce que je n'avais jamais pu faire. Pourtant, sans qu'elle attende un nouveau plaisir, elle avait voulu que je jouisse en elle pour marquer la fin de l'aventure et me marquer une sorte de fidélité. En le faisant, je reprenais possession de mon bien, nous formions de nouveau un couple uni par le plaisir pris en commun, par la complicité nouvelle, les apparences de l'amour.

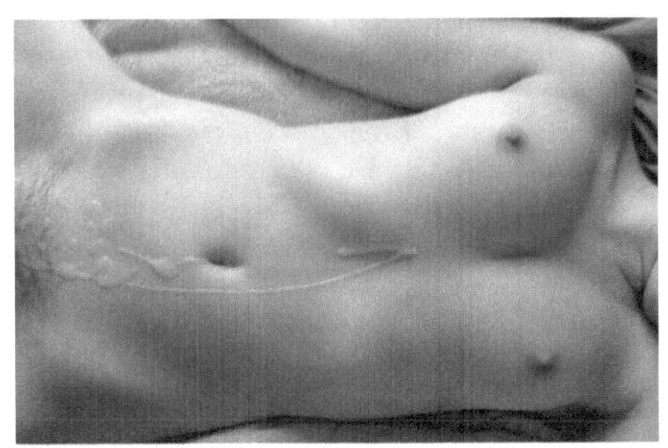

# XV
## Gwen entourée.

Les semaines qui suivirent furent pleines de tendresse et de reconnaissance mutuelle. Nous étions chacun gré à l'autre d'avoir osé le faire. Elle avait eut la délicatesse d'attribuer à la situation, le plaisir qu'elle avait eut, seule avec L., puis elle eut celle de ne pas trop évoquer celui qu'elle venait de connaître avec cet homme. Une complicité que j'avais toujours espérée nous liait enfin. Je faisais des progrès et il m'arrivait maintenant d'attendre son plaisir avant de jouir, cela me donnait confiance. Comme nous faisions plus souvent l'amour, je me contrôlais de mieux en mieux. Notre fantasme accompli, tout semblait revenir dans l'ordre, content de l'avoir fait nous n'étions plus esclave d'un rêve, nous n'étions pas esclave non plus d'une sexualité que nous n'aurions pu assumer à deux. La confiance établie entre nous lui avait permit de me dire enfin qu'elle avait eut des amants que je ne connaissais pas encore et combien. La petite vingtaine qu'elle m'avoua ne me blessa pas, j'avais le sentiment qu'enfin elle ne me mentait plus et cela suffisait à éteindre ma jalousie.

Pourtant, les montées vers des sensations irréelles que nous avions connues par nos rapports avec Sam et Lilly finirent par me manquer. Comme nous n'en parlions pas, je pensais que Marie, comblée ne partageait pas mes souvenirs. Mais comme elle me demanda des nouvelles de Sam, plutôt que de lui répondre, je lui dis :

« Ça te manque ? »

Elle me dit que *oui*, elle avait prit du goût à ces parenthèses hors des codes et des conventions, et comme nous ne considérions plus ni tout à fait détraqués ni tout à fait pervers, nous décidâmes de reprendre nos aventures communes. J'appelai Sam qui se dit heureux de la fin de notre silence. Je ne lui demandai pas des nouvelles de sa santé, on ne fait cette demande qu'aux gens bien portants. Il avait organisé pour dimanche un spectacle chez lui et nous y convia. Il souhaitait un certain décorum et je du aller louer un smoking noir, Marie avait des robes de soirées, je lui demandai de prendre une robe tahitienne *purotu* de tulle et de dentelles blanche ornée de motifs fuchsia. Le col très haut lui cachait le cou. Elle avait une perle noire attachée à un strict collier.

Comme toujours, nous arrivâmes en avance et dûmes attendre un peu dans la voiture pour ne pas être incorrects. Nous n'étions pas les premiers, un couple très *wasp* d'une quarantaine d'années que nous ne connaissions pas, lui très *klass*, front dégarni, sérieux, elle blonde permanentée, jolie et timide sûrement bonne mère et épouse docile, elle donnait l'impression d'accompagner son mari plus que de vouloir être là. Un autre couple de femmes se leva à notre entrée, l'une, brune aux cheveux courts, sportive, l'autre, très jeune, au beau corps ferme de poupée Barbie portait une robe rose. Sam avait lui aussi un costume de soirée, il était jovial. Lilly avait une robe noire décolletée profondément dans le dos et qui mettait, sur le devant, le haut de ses seins ronds en valeur. Ses cheveux étaient tirés en arrière et tenus par un chignon serré. Arriva enfin une femme seule, châle sur les épaules, petit sac à la main comme pour aller au thé. Elle s'excusa de ce que son mari n'avait pu venir, je pensai alors qu'il ne l'avait pas voulu mais qu'elle avait suffisamment désiré être là pour venir seule.

Sam donna le signal du départ, tous se levèrent et comme Lilly était sortie, il me demanda de pousser sa chaise vers la salle de spectacle que nous commencions à bien connaître. Je l'installai dans un des profonds fauteuils du premier rang pendant que les hôtes prenaient leurs places silencieusement derrière. Marie et moi nous installâmes aux côté de Sam. J'étais entre la chaise roulante et Sam, Marie de l'autre côté, un fauteuil restait vide à côté d'elle. La lumière était faible qui permettait concentration et intimité. Devant nous était la table haute et étroite sur laquelle Lilly s'était montrée en compagnie de deux hommes dont un nous était maintenant bien connu. L'obscurité se fit dans la salle, le devant, la scène restant faiblement éclairée. Six hommes, entièrement nus entrèrent par la gauche, il y avait parmi eux le blond qui avait été allongé sur la table et sur lequel Lilly s'était empalée, je ne connaissais pas les autres. Un septième vint les rejoindre, venant aussi de la gauche. Ils nous faisaient face, certains avaient déjà le sexe tendu. Par la droite entra Lilly, vêtue de sa robe noire passant devant les hommes comme à la revue, mais sans les regarder, sa main droite les effleurant seulement, touchant à peine leurs sexes du bout des doigts. Elle sorti par où les hommes étaient entrés, certains la suivait du regard. Elle revint aussitôt suivie d'une femme nue, Gwen, souriante, alors que Lilly restait sans expression, indifférente. Elle conduisit Gwen au centre, lui posa un bandeau sur les yeux puis vint s'asseoir à côté de Marie. Gwen marcha devant les hommes, passant elle aussi ses doigts sur leurs ventres, puis s'arrêtant devant l'un d'eux, elle mit sa main droite derrière la nuque de l'homme et l'embrassa. Les autres hommes regardaient, puis l'un d'eux s'approchant du couple vint se placer derrière elle, lui prit les hanches, lui caressa le dos et voulu lui prendre les seins, mais comme elle était plaquée au premier, il ne le put et la reprenant aux hanches, il se frotta contre ses fesses. Gwen se retourna et se mit à embrasser le deuxième homme, le premier lui tenant les seins se frottait maintenant contre ses fesses à son tour. Gwen se mit à genoux pour sucer l'homme qu'elle venait d'embrasser, les autres se rapprochaient, la bite en étendard attendant leur tour de caresses. Mais Gwen gardait le même homme dans sa bouche, ignorante des autres. Un des hommes prit une main de Gwen qui entourait la taille de celui qu'elle suçait et la mit sur son sexe, Gwen prit le sexe dans sa main. Un autre fit de même avec l'autre main. Quatre hommes regardaient, tentant de s'approcher, mais elle était concentrée sur la fellation et ne s'occupait pas d'eux. L'homme se retira, sans doute qu'il ne voulait pas jouir aussi vite et aussitôt elle mit dans sa bouche le sexe qu'elle tenait dans sa main droite, en cherchant dans l'air un autre qu'elle trouva et enserra tout de suite. Cela dura encore quelques minutes puis un homme la prit sous les bras et la remit debout face à nous. Collé contre son dos, il lui massait le ventre et les seins. Un homme, puis un autre se mirent à genoux devant elle et lui embrassèrent puis léchèrent, les cuisses et le sexe.

L'homme qui était derrière mit par devant ses mains entre ses cuisses et la souleva tout en l'écartant. Elle guida le sexe de l'homme en elle et elle, s'appuya sur les épaules d'un des hommes devant elle. L'homme qui l'avait pénétrée entoura sa poitrine d'une main, la maintenant par le pubis de l'autre et marcha ainsi jusqu'à la table où il lui fit allonger le buste. Comme la table était étroite, un homme vint se mettre de l'autre côté et se faire prendre dans la bouche de Gwen. Deux hommes étaient à la tête en plus de celui qu'elle suçait, les autres étant derrière. Un homme tapa sur l'épaule de celui qui la baisait. Il se retira pour être aussitôt remplacé. Lilly se leva, passa dans la coulisse et revint avec un foulard qu'elle alla nouer autour des yeux de Gwen. Un quart d'heure passa, les hommes s'étaient tous relayés, dans le vagin, les fesses et dans la bouche.

Dire que Gwen était au paradis serait peu dire. Elle semblait sans tonus, molle, *se laissant faire*, corps livré mais esprit aiguisé, en éveil. La connaissant mieux que d'autres, au moins pouvais-je le croire, je savais qu'elle vivait là un rêve parmi ceux qui lui étaient les plus chers. Etre vue, scrutée, offerte, *goinfrée* de sexe, plus que rassasiée, le corps et l'esprit perdus dans l'abondance des sensations. Un plaisir intime était pour elle de penser à son mari, ignorant de tout, qu'elle ne voulait pas pour autant tromper. Le secret qu'elle entretenait là dessus était seulement la preuve de l'existence de sa vie propre, de sa liberté, de sa volonté de bonheur, sans résignation.

Les hommes la quittaient un à un, le groupe devint un couple, elle avait été levée, tournée, palpée, pénétrée, maniée comme un corps mort. Comme elle était allongée sur le dos, les jambes et le bassin en surplomb de la table son seul partenaire restant s'était mis entre ses cuisses, avait posé les jambes de Gwen sur ses épaules et allait, venait dans son sexe, elle vraiment comme morte semblait ne rien ressentir. C'était peut-être là le signe d'un très long orgasme continu comme de son désir intime d'être un objet de désir. Alors, la jeune mère de famille d'apparence si sage et conventionnelle dit assez fort pour qu'on l'entendît, bien que sans doute jamais elle ne se soit fait enculée,

« Fuck the ass !... » (« baise son cul ! )

C'était assez inconvenant, inhabituel, on n'était pas là dans un bouge. Elle s'en rendit compte à l'instant, mit sa main fine sur sa bouche, les yeux ronds, prenant conscience de son impolitesse des règles du lieu. La tension extrême qu'elle ressentait et qui devait lui être nouvelle expliquait cela. Le mari la dévisageât d'un air réprobateur, le mufle qui avait sans doute mené sa femme obéissante après de difficiles efforts de conviction se voyait dépassé par la situation, il découvrait l'âme de sa compagne. Lilly, proche du couple, en vestale attentive et distante avait alors scruté le visage de son mari. Sam avait tourné la tête à l'irruption sonore, avait intégré en un instant la situation, la main sur la bouche, les yeux exprimant la honte d'avoir avoué l'émotion, le regard du mari, quatre à cinq secondes, pas plus, il fit comme si rien ne s'était passé.

J'avais trouvé, moi, dans cette intrusion un réel plaisir, cette femme inconnue, icône de vertu et de respect des lois avait été retournée par la plongée dans un monde dont elle ne soupçonnait pas l'existence et qui la bouleversait. J'imaginais le trouble de ce couple de premiers de la classe à la sexualité étroite, faite de coïts rapides et de migraines fréquentes et les révolutions qui ne manqueraient pas de suivre. Sam se retourna, il avait un très léger sourire à peine perceptible et je cru comprendre qu'il partageait mon plaisir. L'incident n'avait pas duré dix secondes, il était la marque de la réussite du spectacle qui n'avait ni cessé ni ralenti. Aucun grief ne serait fait, le petit sourire de Sam me laissait supposer qu'il y aurait à cela des conséquences.

Lilly qui était derrière le couple avait entendu l'invitation, les *acteurs* l'avaient donc entendue. Comme pour ne pas obéir à une injonction, le lent mouvement qui faisait bouger le corps mort, qui animait les seins lourds de vibrations ne changea pas tout de suite. Il ralenti enfin, cessa, l'homme était profondément planté en elle. Il se retira lentement, Gwen dont l'interminable état orgasmique avait du baisser d'intensité semblait revivre un peu, sa main, ses doigts plutôt bougeaient un peu au rythme de la voix d'Howlin' Wolf chantant doucement *Spoonful*.

Je n'avais pas jusque là prêté attention au fond musical, habitué que j'étais à la sensualité du blues qui accompagnait nos aventures. Mais là, les doigts accompagnant le rythme étaient le signe que Gwen était, ou était revenue, avec nous. Toujours apparemment indifférente à l'homme, comme plus attentive à la musique (ses doigts…), elle le laissait faire. Il avait pris son sexe de la main droite, on le voyait donc faire, avant d'être sorti d'elle. Comme le gland apparaissait, il garda le contact, avec, il caressa les lèvres et descendit un peu pour appuyer sur l'anus, très peu, comme demandant poliment la permission d'entrer. Seule la main répondait, on pouvait imaginer qu'aucune crispation ne venait interdire l'offrande et lentement le gland entra.

Les doigts de bougèrent plus, elle redevenait attentive aux perceptions du toucher. Les doigts qui avaient battu la mesure s'étaient arrêtés, la pénétration fut longue et continue, il fallu presque trente secondes à l'homme pour qu'entré tout à fait, son ventre vienne toucher les cuisses levées de Gwen. La main qui s'était fermée pendant la pénétration s'ouvrit de nouveau et les doigts reprirent le rythme de la musique, les genoux de Gwen qui étaient contre les joues de l'homme descendirent le long de ses bras comme elle écartait les cuisses davantage.

Comme la chanson était finie, avec une télécommande, Sam avait lancé, blasphème !, un chœur de la cantate 147,

*Werde munter mein Gemüte,*
*Und ihr Sinne geht herfür,*
*Daß ihr preiset Gottes Güte,*
*Die er hat getan an mir,*
*Da er mich den ganzen Tag*
*Vor so mancher schwerer Plag,*
*Vor Betrübnis, Schand und Schaden*
*Treu behütet hat in Gnaden...*

*« Sois attentive, mon âme, et dirige tes pensées pour glorifier les bonnes choses que Dieu a faites pour moi... »*

La situation me bouleversait. Cet homme cassé par la maladie, réduit à des stratégies de plus en plus complexes pour vivre avec sa femme quelques plaisirs *charnels* sans que son corps à lui ne soit sollicité, louait Dieu de ses bienfaits, bienfaits qui là, consistaient à voir une femme offerte se faire sodomiser  publiquement par un inconnu, simple accessoire, y prendre du plaisir et en donner par le spectacle offert.

Car il semblait bien qu'elle y prît rapidement du plaisir. Son corps détendu par les caresses abondantes et les plaisirs, avait accueilli, appelé le sexe dur en cet endroit. Maintenant l'homme avait repris dans l'anus le lent mouvement qu'il avait eut plus haut. Gwen bougeait davantage. Sa main remonta sur la hanche, puis glissant sous sa fesse, vint des doigts toucher le sexe qui la pénétrait, comme pour s'assurer de sa réalité. Elle se tourna un peu pour que sa main puisse venir se placer sous les bourses de l'homme. Lui, soutenait les jambes de Gwen qui étaient maintenant dans ses bras recourbés. Deux hommes revinrent, Lilly avait du les commander qui prirent chacun un genou de Gwen, soutenant les jambes et libérant les mains de l'homme qui pu alors les porter sur le ventre et les seins. Puis le pouce de sa main gauche resta sur le sexe de Gwen tandis que les doigts de la même main jouaient dans les poils, la main droite pétrissant le sein gauche. Elle fit retomber ses bras, offerte comme sans vie de nouveau au plaisir qui montait. Cela durait, l'homme, une machine, ne changeait rien au mouvement de ses reins, de ses mains. Gwen commença de respirer plus fort et de tourner un peu la tête de droite et de gauche. Comme elle respirait plus fort encore, de sa main gauche, celle qu'on ne voyait presque pas, elle ôta le bandeau et découvrit qui l'avait prise ainsi. Ils se regardèrent, l'homme souriait avec honte et tendresse, elle rendit son sourire puis ne le quitta pas des yeux alors que montait un orgasme sonore et profond. Gwen jouissait fortement depuis plusieurs secondes quand l'homme se penchant sur elle fit lui aussi entendre des grondements rauques. Elle l'avait prise par le cou, mais la position empêchant que les bouches ne se touchent, elle écrasa sa bouche contre le bras gauche de l'homme en un baiser solitaire.

J'avais regardé, autant que possible le visage de la jeune blonde épouse modèle qui pouvait penser que ce qui venait de se passer l'avait été pour elle. Concentrée, absorbée par le spectacle, elle, n'avait pas vu ni mon regard ni celui de Sam scrutant ses pensées cachées. J'imaginais les deux enfants blonds gardés par une nounou (« Papa et Maman sortent ce soir, soyez sages avec miss… », j'imaginais les tempêtes sous ces deux crânes, celui de la femme bien qui n'avait jamais osé demander d'être prise comme ça, celui du mari qui n'avait jamais osé le proposer et qui s'était souvent masturbé en imaginant le lui faire. Pas de miroirs, pas de fenêtre, pas de lumière dans la chambre conjugale. Nuit de noce maladroite, image publique du couple uni et frustrations rentrées… Maintenant que je la voyais mieux, elle me paraissait plus jeune qu'au premier abord, le fard l'avait vieilli, et si son mari devait avoir passé quarante ans, elle pouvait avoir dix ans de moins que lui.

Comme au théâtre, le rideau était tombé afin de préserver les *acteurs* d'une possible gêne après le spectacle sans limite qu'ils avaient offerts. C'était encore une façon de marquer qu'un acte de la soirée était achevé.

Lilly, chez elle, se leva. La lumière était revenue dans la salle, on évitait de se croiser du regard, ceux que je n'avais jamais vus – tous sauf Sam et Lilly – paraissant plus gênés encore.

J'avais aidé Sam à se glisser dans son fauteuil pour ne pas dire que je l'y portai.

On alla dans la grande salle où plusieurs fois nous avions dîné, la dame indonésienne avait préparé des boissons et, sur la grande table, de quoi alimenter un apéritif dinatoire. Elle apporta à Sam un verre de whisky d'Islay et un verre de jus à Lilly puis s'enquit de ce que chacun désirait. Cette parole venue d'un monde qui n'avait pas connu ce que nous avions vécu en commun, les réponses obligées permirent aux invités de réapprendre à communiquer.

Chacun était servi et avait un peu bu quand Gwen entra et pris sa place sur le canapé à côté du couple de femmes, comme si elle était arrivée en retard à un thé de l'après-midi. De nous tous, elle semblait la plus à l'aise.

Lilly était allée chercher au buffet, pour Sam une assiette qu'elle avait garnie de sushis. A son invitation, les hôtes se levèrent pour aller se servir.

Sam m'apparaissait alors comme un mari amoureux de son épouse, au delà de ce qui est courant, amoureux de l'amour, même si la réalisation de cet amour prenait des formes inattendues. Ce soir là, il me sembla qu'une perversion nouvelle apparaissait. Un homme manipulateur était peut être dissimulé sous le manteau du tendre mari. Comme un félin en chasse, il avait repéré sa proie et s'approchait d'elle sans la mettre en alerte.

« Votre mari n'est pas venu ? » commença-t-il à demander à la femme seule. Comme c'était plus une constatation qu'une question, la femme compris qu'elle devait prendre la parole. Je n'avais pu la voir pendant le spectacle et j'ignorais ce qu'elle avait pu ressentir.

La femme pris son verre, bu un peu et comme si elle avait trouvé là un peu de courage elle dit :

« Je ne lui ai pas dit où j'allais ce soir… Il ne comprendrait pas, il n'accepterait pas… »

« Vous avez aimé ? Vous allez lui dire ? Qu'est-ce que cela change pour vous ? »

Après un court silence, comme si elle se demandait à laquelle des questions répondre, elle dit :

« Je me sens moins folle d'être habitée par des désirs inconvenants. »

« Inconvenants ? »

« Non, excusez-moi, je veux dire … enfin … vous savez … »

« Non, nous ne savons pas ! »

« Je ne connais que …

Et après un temps de silence, en baissant un peu la voix et la tête :

« … et je n'ai jamais connu le plaisir… J'ai lu des revues, des livres, les livres me donnent des idées, engendrent des images qui m'obsèdent quand je ne dors pas, à côté de lui qui ronfle, apaisé. J'ai vu des sites, celui qui nous réunit ce soir m'a rendu folle d'espoir. »

« Ce soir vous avez dit vouloir voir sans participer, voulez-vous participer ? »

« Je voudrais qu'un homme me fasse jouir, une fois, je voudrais savoir… Un seul homme. Je ne voudrais pas être vue, je crois que je ne pourrais pas… »

« Et vous mesdames ? » demanda-t-il au couple de femmes.

« Nous avons aimé voir jouir une femme. » dit avec autorité la femme aux cheveux courts, parlant pour sa jeune compagne qui baissait la tête.

Puis, s'adressant au mari :

« Et vous monsieur, qui de vous deux a voulu venir ? »

« C'est lui ! » répondit la femme bien.

Sam fit mine d'ignorer la réponse de la femme et la prit comme celle de l'homme resté muet.

« Comme tous ici, sauf notre amie ajouta-t-il en regardant Gwen, vous avez voulu n'être que spectateurs, souhaitez-vous nous montrer votre charmante épouse ? »

L'homme était plus que gêné, probablement d'avouer devant sa femme un fantasme indigne ; il ne répondit pas. Il hésitait encore, à avouer ou peut être à se décider à franchir une porte qui changerait son couple, sa vie, peut-être à jamais.

« Il voudrait me voir faire l'amour avec un autre homme » répondit pour lui l'épouse.

« Mais non ! C'est juste comme ça … » ajouta-t-il pour nuancer la dénégation qui trahissait l'oppression culturelle qui l'empêchait d'avouer ses désirs secrets.

« Et vous Madame, seriez-vous prête à lui donner ce plaisir ? »

Maintenant, il regardait l'épouse, il tenait sa proie. Il semblait jouir du pouvoir qu'il avait acquit sur ce couple quelconque, il savait pouvoir le manipuler, le détruire peut-être.

« Cela ne me gêne pas d'être nue, d'être vu nue non plus. Je n'ai jamais fait de strip-tease, je crois que je ne saurais pas … et non, je ne voudrais pas être prise par un autre homme, en privé … ni en public. »

« Tout est très bien alors. Dînons et que chacun garde pour lui souvenirs et désirs. »

La soirée fut écourtée par le rapide départ de Sam et de Lilly, privés de nos hôtes, nous repartîmes avec nos désirs et de nouveaux souvenirs.

Au retour, Marie me dit que nous allions trop loin dans la perversion et que si elle comprenait que Sam pouvait avoir besoin de cette forme de sexualité, elle n'y trouvait plus l'excitation du début, qu'elle n'éprouvait pas de plaisir particulier à *voir*, même si la vue d'autres couples lui avait donné naguère des désirs, elle savait maintenant ce qu'elle aimait et rien de ce que nous avions vu ce soir ne la tentait. L'interruption de la femme bien avait été pour elle comme un déclic désagréable qui d'un coup avait transformé l'érotisme acceptable en une pornographie détestable. Je n'étais pas loin de penser la même chose.

# XVI

## La dame bien.

Quatre jours plus tard, Sam m'appela à l'université me demandant de venir chez lui le lendemain, seul, pour un dîner entre hommes. N'y voyant pas malice, j'en averti Marie qui devrait passer la soirée du lendemain seule.

Sam m'avait demandé d'arriver tôt, je me présentai donc sans attendre une heure précise comme je le faisais d'habitude. Il y avait deux hommes installés dans le canapé, une sorte de camionneur aux bras tatoués et un petit sec aux cheveux noirs qui n'avait pas trente ans. Bluejean et sweatshirt aux armes d'une université locale, pas le genre de public habituel. Lilly n'était pas là. Quelques minutes après moi arriva une espèce de représentant de commerce au costume et cravate quelconques. Sur la table, le couvert était mis pour six, manquait un convive. La dame balinaise apporta des boissons sur un chariot puis disparu, et Sam me demanda de servir ses hôtes.

Juste avant huit heures arriva le couple de la dernière fois, l'homme gêné et la femme bien. Sam les avait invités, ils furent surpris de ne voir que des hommes, inconnus, l'un et l'autre eurent un hochement de tête vers moi qu'ils reconnaissaient. Nous étions sept, il y avait six couverts, je sentais que quelque chose n'allait pas quand tout, d'habitude, semblait réglé si exactement.

« Prenez-place » dit-il en s'adressant à l'homme, ignorant la blonde épouse qui ressentait comme moi quelque chose d'anormal, d'inattendu : cela ne ressemblait pas à la fois précédente. Elle s'assit à côté de son mari et lui pris la main.

« Chère Madame, vous m'avez dit ne pas être gênée de vous montrer nue mais ne pas pouvoir vous déshabiller pour nous. Votre mari veut vous montrer nue, il veut que d'autres que lui aient ce bonheur. Vous allez donc vous montrer nue à nos amis ici présents. Vous allez suivre la jeune femme qui est là bas et revenir bientôt ! »

Le ton était autoritaire mais patelin.

« Votre mari veut … » C'était donc ça, il avait fait ça dans son dos. Toujours tenant sa main, elle regarda son mari :

« Tu veux ça ? Ça te fait plaisir ? »

Le mari serra fortement la main de sa femme, pencha imperceptiblement la tête de côté comme une supplique. Elle cherchait son regard qui fuyait, puis quand ils se regardèrent, deux à trois secondes, sans un mot supplémentaire elle se leva pour suivre la dame balinaise qui s'était avancée.

Le mari voulait jouer les affranchis, on sentait que son érection le gênait, que pour lui les dés étaient lancés, il avait si souvent rêvé de ça, même si ce n'était pas tout à fait comme il se l'était imaginé dans le détail. Le camionneur se servit à boire et se gratta le ventre qu'il avait un peu rond. Sam, en léger retrait sur son fauteuil roulant regardait beaucoup le mari et semblait content de lui.

On avait presque oublié le départ de l'épouse quand la dame balinaise réapparut. Elle fit à Sam un léger signe de tête. Sam, très en forme, interrompit les rares échanges entre hommes :

« 'right folks, time to have a look » (C'est bon les mecs, à nous de regarder ! )

Le ton un peu vulgaire était très inhabituel dans la bouche de Sam. Le mari était fossilisé, cherchant au fond de la pièce l'apparition prochaine de son épouse. A l'aide d'une télécommande, Sam modifia d'un coup les éclairages. La pièce fut plongée dans le noir, à l'exception d'une lampe basse à faible intensité dans un coin de la pièce le plus éloigné d'où nous nous trouvions. On attendit un peu, puis entrèrent la femme blonde, nue, tenue par le bras par la dame balinaise qui la dirigea vers le centre de la grande pièce, à la limite de la pénombre. On la distinguait seulement, on voyait que son visage était caché par un fouloir noir et qu'elle ne pouvait pas voir. La dame balinaise sorti sur un acquiescement de Sam, la femme bien restait immobile, nue devant nous. Comme il faisait très sombre, je ne voyais pas bien le mari, mais j'imaginais ce qu'il ressentait, j'aurais aimé, je crois être à sa place, je me souvenais de mon émotion quand Marie avait été nue – et prise – en public.

Sam alluma d'autres lumières d'angles et avec une lente continuité la femme apparu. Elle ne pouvait pas savoir qu'elle apparaissait graduellement aux regards, elle devait penser que nous la voyions depuis le début. Nous ne disions rien, il n'y avait pas de bruit, nous regardions ce corps un peu potelé, les seins un peu lourds mais fermes et bien formés, un ventre à peine arrondi par une ou deux grossesses, des cuisses musclées et un peu enrobée, une toison intacte : une épouse, une mère.

Comme si elle avait ressenti qu'on la scrutait tout à fait, elle croisa inconsciemment ses mains sur son pubis et Sam dit fortement, avec une autorité que je ne lui connaissais pas.

« Enlève tes mains ! », ce qu'elle fit sous l'injonction.

(Je traduis le ton de la voix par le tutoiement qui n'existe pas en anglais.)

« Tourne-toi » dit-il avec à peine moins d'autorité. Elle se tourna pour nous montrer des fesses amples, très bien dessinées et à la peau bien lisse. Le mari ne regardait que sa femme, il aurait du nous regarder, il aurait puisé dans l'appétit de notre regard le plaisir qu'il recherchait sans en avoir une conscience claire.

« Enlève ce foulard ! » dit encore la voix de commande de Sam. Elle s'exécuta, découvrit la pièce dont les volumes semblaient changés avec

le changement d'éclairage. Elle avait autour du coup un petit ruban de velours noir auquel une perle blanche était accrochée.

« Marchez un peu que l'on vous voit bien ! » Je traduis par un voussoiement le changement de ton qui était devenu plus doux, comme avec un cheval qu'on a du rudoyer un peu, mais qui redevenu obéissant s'attend à être flatté de l'encolure.

Une fois de plus, elle obéit, marchant de façon assez naturelle, se montrant sous tous les côtés, la gêne apparente du début semblait disparue. Comme si de rien n'était, Sam se mit à me parler d'aviation, il ne regardait plus la jeune femme qui était ainsi entrée dans le décor. Les autres hommes n'avaient pas baissé leurs regards, le camionneur faisait des commentaires un peu gras accompagnés de rires lourds au profit de l'étudiant en ignorant tout à fait le mari. Enfin, Sam oubliant les avions aussi subitement qu'il s'y était intéressé lança à la jeune femme l'ordre de venir s'asseoir dans le large fauteuil de style Louis XVI, mais d'époque Napoléon III qui était à deux ou trois mètres devant nous. Elle s'y assit, les genoux sagement serrés, les bras sur les bras du fauteuil, assez écartés, on aurait dit, sauf le décor, *Le déjeuner sur l'herbe* : une femme nue parmi des hommes vêtus.

Sam redonna à la pièce la lumière vive du début de soirée, la femme se trouva placée sous une averse de lumière qui la fit un instant réagir, elle regardait son mari, il n'y avait pas de doute qu'elle faisait ça pour lui.

« Faites-vous un peu voir ! » dit Sam comme agacé par l'inactive pudeur, après avoir comme nous bien regardé l'offrande de ce corps blond et laiteux.

Après plusieurs secondes, sans doute nécessaires à la compréhension de l'ordre, elle sépara à peine ses genoux qui étaient resté collés. Elle fixait maintenant Sam qui avait à ses yeux pris le contrôle de la situation alors qu'elle pensait encore obéir à son mari. Elle cherchait furtivement dans les yeux de son mari secours ou approbation.

« Ouvre tes cuisses enfin, qu'on voit ta chatte ! » Le ton impérieux et le vocabulaire argotique étaient revenus d'un coup. Sans quitter Sam du regard, elle ouvrit assez les cuisses, on devinait le trait vertical de son sexe à travers la toison claire, mais on ne le *voyait* pas.

« Ecarte les cuisses non de Dieu ! Passe les jambes sur les bras du fauteuil ! »

Le mari restait indifférent à ses appels du regard, des larmes apparurent, et, comme sans espoir de secours, elle appuya sa tête sur le fauteuil, regarda le plafond et une fois de plus obéit à l'injonction. La jambe droite d'abord, puis la gauche, la taille du fauteuil nous la livrait très ouverte.

« Messieurs, j'offre l'épouse fidèle à vos regards ! Allez-y, regardez ! »

L'étudiant s'était levé, il vint s'asseoir par terre au pied du fauteuil et fixa l'entrejambe, le sexe assez peu déformé, les grosses lèvres bien visibles, glabres, les petites lèvres fermées mais grandes, le cul découvert. Le représentant et le camionneur avaient suivit, le représentant, à côté du fauteuil regardait le profil et les seins, le gros homme marchait autour du fauteuil en matant et se grattant le ventre.

Le mari n'avait pas bougé enserré dans le sarcophage de ses émotions. J'étais resté près de Sam, je sentais qu'il ne s'agissait pas d'une soirée comme les autres et comme il tirait par trop les ficelles des marionnettes que nous étions, j'avais décidé d'être un peu rétif.

La dame balinaise réapparue dans son costume traditionnel coloré et soyeux. Elle poussait devant elle une desserte à étage couverte de nourriture. A quelques pas derrière, Lilly qui se montrait pour la première fois de la soirée, en robe traditionnelle chinoise de soie noire ornée de broderies, les cheveux tirés en arrière dit :

« Ces messieurs sont servis ! »

Sam m'invita à le conduire à sa place, il convia le mari et les trois hommes à nous suivre. A l'invitation de Lilly, la femme nue avait refermé les jambes. Bien qu'elles aient été dans son dos, elle ressentait peut être une gêne à être vue par des femmes plutôt que par des hommes. Elle ne savait que faire. L'invitation de Lilly était pour *ces messieurs*, elle voulait maintenant se rhabiller, elle avait fait pour son mari plus qu'elle ne l'avait souhaité. Sam nous plaça, six hommes, six couverts.

Lilly vint au fauteuil, dans ses gants noirs elle avait une cravache de cuir noir avec laquelle elle redressa la tête de la femme blonde en lui intimant l'ordre de se lever. Elle se leva lentement, puis, de la cravache posée sur les reins de la femme, elle la poussa fermement vers la desserte auprès de laquelle attendait la dame indonésienne.

« Tu vas servir » dit-elle. Elle lui indiqua les assiettes sur le plateau du dessous, désigna le plat d'entrées, des tranches de sashimi de thon avec des morceaux d'avocat.

La femme n'était pas préparée à ce qui se passait, mais elle pouvait toujours penser jouer pour son mari. Le mari lui, ne disait rien, malgré les traces des larmes bien visibles sur les joues de son épouse, il jouissait de la situation inattendue, inespérée, et, dans son état second, il n'imaginait ni ce que ressentait sa femme, ni les possibles suites de la soirée. A ce moment, je croyais qu'il en avait été l'organisateur caché, mais je me trompais.

Rétive, elle prit une assiette et d'assez mauvaise grâce elle y disposa le poisson et une cuillerée d'avocat. Comme elle finissait, elle reçu de Lilly un coup de cravache sur le haut des cuisses qui lui arracha un cri de douleur et de surprise.

« Plus vite, les Messieurs attendent ! »

Le mari n'avait pas bronché, l'épouse tout à fait nue à l'exception du collier de velours alla à la table, tenant l'assiette d'une main, se frottant le bas des fesses de l'autre. Elle posa l'assiette devant Sam et revint à la desserte. Elle prit une autre assiette et la rempli plus rapidement, elle alla l'offrir à son mari, mais elle lui jeta un mauvais regard, lançant presque l'assiette tandis que lui du regard, implorait sa compréhension, son pardon. Lilly se précipita et lui asséna sur le haut de la fesse droite un coup sec.

« Reprend et sert comme il faut ! »

« J'en est assez, je veux arrêter » dit-elle, et secouant son mari à l'épaule, elle implora son secours. Elle se couvrait la poitrine d'un bras et cherchait de l'autre l'appui du mari. Le mari se leva, mais avant qu'il ne fût debout Sam exigea :

« Assis ! »

L'homme subi lui aussi la volonté de notre hôte et se rassit. Lilly tirait la femme par le bras pour la forcer à continuer le service, mais celle-ci commença de se débattre, et comme elle se mit à crier, Lilly la cingla sur les épaules, le bras qui protégeait le visage. Les griffes en avant, elle se rua sur Lilly qui ne faisait pas le poids, Sam d'un regard au camionneur avait donné un ordre. Celui-ci se leva, saisi la femme par derrière, lui serra les bras et l'empêcha de bouger.

« Petite Madame, il ne faut pas jouer aux grands avec les grands quand on n'en est pas capable » dit Sam menaçant. « Nous allons vous punir pour ça… »

La femme bien s'agitait encore, tentant d'échapper à l'étreinte, mais c'était inutile. L'étudiant vint devant elle et méchamment lui donna une gifle cinglante qui la fit crier et se calmer. Le représentant voulu en faire autant, mais le camionneur la relâchant et la faisant pivoter lui asséna une gifle telle qu'elle roula à terre, étourdie. Comme le mari se levait pour secourir sa femme, il en reçu une autre qui le jeta à terre.

Je n'avais rien imaginé de tel, j'avais perdu la conscience de ce que nous faisions. Sam montrait par son sourire narquois qu'il avait prévu d'en arriver exactement là. Il n'avait plus d'ordres à donner, la suite devait se dérouler comme il l'avait prévu. Je n'avais pas compris encore que rien de ce qui se passait n'avait été préparé d'accord avec le couple ou au moins avec le mari.

La dame balinaise apporta une cordelette blanche sur un plateau d'argent qu'elle présenta au camionneur. Il releva d'une main la femme encore à terre, lui fit tendre les mains et les noua.

Soulevant alors la femme par la taille, il l'amena sous le lustre de bronze et l'obligea à passer la corde qui enserrait ses mains dans le crochet suspendu au lustre. Il ne pouvait l'avoir deviné, ces hommes étaient complice de Sam, pas de simples spectateurs. La femme avait les pieds bien à plat, les bras tendus en l'air, ses seins relevés, maintenant des larmes coulaient en silence.

« Il faut obéir ! » dit Lilly en lui donnant sans trop de force un coup de cravache sur la cuisse. La femme se raidit sous le coup, la surprise, la peur.

Lilly s'éloigna et le camionneur commença, assez doucement à gifler la femme sans défense, puis passant derrière elle, à la fesser de plus en plus violement. Elle pleurait et criait sous les coups. Toujours derrière elle, il lui prit d'un coup les seins qui pétrit, elle tenta de se dégager en lançant un « Non ! » de détresse, il la lâchât pour lui asséner une énorme claque sur les fesses, puis calmement, il repris les seins. Elle bougea bien encore un peu pour se défaire de l'étreinte, mais elle n'avait plus d'illusions. Il fit alors descendre ses grosses mains sur le ventre, les poils et sans ménagement il fouilla le sexe. Elle hurla le nom de son mari, mais il avait compris que rien désormais n'arrêterait le cours des choses, alors autant se laisser aller à la folie d'un plaisir inconcevable. Car je voyais qu'il éprouvait un plaisir immense à la voir ainsi, elle la jeune fille éduquée, pomponnée, difficile en tout, sûre d'elle et de ses jugements ; la femme qu'il aimait.

Elle pleurait à gros sanglots maintenant, indifférent, le gros homme pétrissait la poitrine d'une main et enfonçait ses doigts dans le sexe de l'autre. Nous étions restés à table, Lilly et la dame balinaise s'étaient retirées au fond de la pièce, tous regardions les deux acteurs de notre plaisir.

« Allez-vous enfin être docile ? » demanda Sam d'une voix tranquille. Subissant les attouchements non désirés, entre deux sanglots, elle pu faire entendre « oui Monsieur ». J'étais soulagé que cela cesse, je sais que les fantasmes des autres n'ont pas à être jugés, mais j'avais de la gêne à me trouver mêlé à celui-ci. Je n'avais, je crois à ce moment pas la conscience claire de ce que nous faisions subir à ce couple comme je l'ai maintenant, je pensais toujours que le mari voulait tout cela, et que, plus ou moins consciemment, la femme, sans trop connaître les détails avaient accepté d'avance ce qu'elle aurait à subir.

Sam n'avait pas touché à son assiette, le mari non plus, et sur un signe de tête, Lilly alla dénouer la corde qui retenait la femme au lustre. Elle se frotta les poignets et revint vers la desserte, prépara une troisième assiette qu'elle me porta. Quand elle fut tout près de moi, je vis sur ses bras des traces roses laissées par la cravache, et quand elle se retourna, la trace en rouge des mains de l'homme sur ses fesses et d'autres traces fine en haut des cuisses et en bas du dos. Ceux qui avaient frappé n'avaient pas simulé. Quand tous furent servis, Sam ordonna qu'elle serve du vin, puis qu'elle reste debout, en bout de table. Elle débarrassa les assiettes et nous servi rapidement des queues de langoustes froides, puis du café. Lilly lui montra la boîte à cigares, et l'emplacement où elle devait attendre, près des fauteuils où nous avions commencé la soirée. On s'y installa, de nouveau je poussais la chaise de Sam qui ainsi se trouvait légèrement en dehors du cercle des sièges. Chacun se servi, alluma son cigare, on dégustait les premières bouffées quand le camionneur, comme s'il parlait à un chien fit venir la femme à son côté :

« Viens ! … Suce ! »

La femme sans bouger remua la tête pour dire non, mais Lilly qui s'était approchée, à peine eut-elle entendu la réponse, frappa fortement les fesses de sa cravache, la femme hurla de peur et de douleur. Le mari voulu s'interposer et proposa que l'on s'arrête maintenant. Sam ne réagit pas et l'étudiant pris fermement le mari par le bras, le menaça de le rosser. Le mari redevint spectateur. Pendant ce temps, la femme n'avait pas bougé et Lilly frappa de nouveau deux fois, sèchement accompagnant les coups d'un bref mais péremptoire :

« Obéis ! ».

Elle du s'agenouiller entre les jambes de l'homme, tremblante, elle fit descendre la fermeture de la braguette et sorti le sexe par l'ouverture du caleçon. Elle le prit dans sa main, fit quelques mouvements, puis Lilly frappa de nouveau sur les épaules en disant :

« Suce ! »

Elle porta alors sa bouche sur le sexe et y introduisit le gland, fit quelques va-et-vient les lèvres distendues. Tous, nous regardions, fumant doucement, puis l'étudiant se leva, ôta son pantalon et son slip et vint derrière la femme à genoux par terre. Il lui donna un coup de pied sur la cuisse et lui dit

« Lève-toi ! »

Elle commença de se relever mais le camionneur la prit par les cheveux pour la contraindre à continuer sa fellation. L'étudiant la fit mettre à quatre pattes, il se plaça derrière elle et voulu la pénétrer.

« Non, pas ça, arrêtez ! Je ne veux plus, je veux partir. » Elle avait si peur qu'elle ne pleurait plus. A peine fut-elle debout que l'étudiant la gifla et qu'elle en perdit l'équilibre.

Le représentant de commerce se leva et sorti d'on ne sait où de la corde, et avec l'aide des deux autres hommes ils poussèrent la femme sur le canapé et nouèrent chacune de ses mains sur un mollet. Enfin, ainsi ficelée, ils la placèrent dans un fauteuil. Comme elle criait, le représentant lui noua un bâillon de linge blanc derrière la nuque, il la claqua lui intimant l'ordre de se taire. D'une tape sur l'intérieur du genou, il lui fit les écarter, prostrée, elle ne bougeait plus et chacun se rassit. Comme si de rien n'était, on reprit son cigare en regardant, de temps à autre la vulve et le cul involontairement offerts aux regards.

Un quart d'heure avait passé, la femme n'avait pas bougé, on avait bu un peu d'Armagnac et l'étudiant qui n'avait que son sweatshirt vint devant la femme pour la pénétrer. Elle était trop haute pour qu'il reste à genoux et trop basse pour qu'il reste debout, il s'allongea sur elle et s'enfonça dans le vagin dont il avait écarté les lèvres avec les doigts. La position était inconfortable, il ne resta que quelques secondes. Il se releva, le mari s'était levé et regardait avec attention le visage de sa femme qui venait de se faire violer.

Comme si cela était réglé d'avance – je croyais toujours que cela devait l'être – le camionneur et le représentant chacun d'un côté saisirent la femme, Lilly ouvrit la porte du couloir et guida le trio vers la salle de prise de vues. Au milieu de la pièce une croix de Saint-André était fixée avec des anneaux à chaque extrémité. Les hommes attachèrent la femme par les chevilles aux anneaux du haut, son sexe à la hauteur du bassin. Nous étions placés tout autour.

Lilly qui avait remplacé la cravache par un martinet commença par lui frapper les cuisses et les fesses, puis elle donna quelques coups sur le ventre et le sexe. L'étudiant monta sur l'estrade, claqua les fesses replètes et avec aussi peu de ménagement que la première fois, entra en elle. Il fit quelques minutes des mouvements de va et vient et se retira.

« Je crois me souvenir que Madame aime voir les femmes se faire enculer dit Sam, alors Messieurs, si cela vous tente. »

Le camionneur s'était avancé, la braguette ouverte, il s'était mis en position, la femme pleurait, les yeux fermés, le mari était venu à côté d'elle, regardant tour à tout le visage de son épouse et le sexe qui tentait de s'enfoncer dans son anus. L'un était trop gros, l'autre trop sec et il n'y arriva pas. L'étudiant, plus fin, mis de la salive sur ses doigts, lubrifia le cul et y entra complètement. La femme avait crié sous le bâillon, maintenant elle pleurait, j'étais certain qu'elle se faisait enculer pour la première fois. Pourtant, c'est bien elle qui avait demandé à ce que Gwen subisse ce qu'elle endurait maintenant…

Tout en bougeant, de temps en temps, il donnait une claque sur l'une des cuisses. Le représentant attendait son tour, il était en chemise, il tapa sur l'épaule de l'étudiant qui céda sa place. Il commença par la baiser en lui donnant quelques gifles, puis il se retira et l'encula à son tour. Comme il semblait aller sans peine, le camionneur revint à la charge, l'anus avait été un peu dilaté et le gros homme, poussant de tout son poids s'introduisit peu à peu, puis profondément ; le bâillon n'étouffait pas tous les cris, de derrière le mari tentait par ses baisers de consoler sa moitié.

Se passant le relais, chacun des trois hommes prirent et reprirent la femme qui subissait le viol sans plus de résistance. Ils jouirent et la quittèrent laissant des trainées de sperme couler de son vagin et de son cul.

Apaisés, ils se rhabillèrent tour à tour et chacun vint mettre dans la main du mari quelques billets pliés ; la femme bien, l'épouse modèle était devenu putain et le mari maquereau.

Les hommes partis, le mari ne savait que faire de cet argent, et comme Sam lui ordonna de s'occuper de son épouse, il empocha les billets, monta sur l'estrade et commença de dénouer les liens des jambes, ceux des bras, puis le bandeau. Consolateur, il la prit dans ses bras mais elle le repoussa, le maudissant en hurlant.

Resté seul avec Sam, je mesurai son accablement. J'avais pris conscience d'avoir été complice d'un viol et même si ce que Sam nous faisait vivre était hors du temps et des mœurs, il y avait là un Rubicon que je n'avais pas souhaité franchir. Il avait sans doute, lui, conscience d'avoir commis ce viol, sinon tout à fait en actes, au moins l'avait-il commandé, dirigé, voulu.

Gardant son deuxième cigare dans sa main gauche, encore à peu près valide, il maugréait, comme voulant se justifier.

« Vous-voyez, David, il y a des rêves qu'il vaut mieux ne pas réaliser. Pourquoi cette femme a-t-elle voulu que Gwen se fasse enculer quand elle ne le veut sans doute pas pour elle-même ? Ou peut-être le voulait-elle et prise par le spectacle son inconscient a parlé trop vite. Son interruption l'autre jour m'a profondément déplu et j'ai voulu la punir. Il n'est pas bon d'assouvir tous ses désirs, et je suis sûr que si j'avais été bien portant, jamais tout cela n'aurait eu lieu. Je hais ce couple parce que je l'envie. Ils ont tout, quelle perversion les pousse à se dégrader de la sorte ? Vous n'allez pas me croire, mais je place la fidélité au dessus de toutes les vertus amoureuses, Lilly m'est fidèle, elle se soumet à mon esprit malade parce que mon corps se meure. J'ai voulu entraîner dans ma déchéance ce qu'il y avait de beau, de pur, cela m'a donné du plaisir, mais je crois que je le regrette, l'heure des comptes approche. Sauvez-vous de tout cela, sauvez-en Marie et pardonnez moi.

Pour que vous me pardonniez, je dois être franc. J'avais aperçu Marie à vos côtés quand vous aviez fait cette conférence à Yale. Je l'avais trouvée infiniment belle et je l'ai aussitôt désirée de toutes mes forces, je voulais la posséder. Comme ce désir ne pouvait avoir de réalisation naturelle, j'ai voulu la prendre symboliquement, la salir, au moins la voir nue, la voir faire l'amour, la voir pleurer, en faire mon objet ... C'est pourquoi je vous ai fait connaître le site et adresser cette invitation pour l'exposition. Puis à l'exposition, votre attitude m'a fait hésiter, je me suis pris d'amitié pour vous, et sans cela elle aurait pu connaître le sort de cette femme, vous savez...

J'avais déjà le film tourné quand Marie avait été tirée au sort, enfin, vous comprenez que le sort n'y était pour rien, ... et j'aurais pu en rester là, vous rendre la liberté, mais rien n'y faisait, il me fallait dominer ce corps blond, ce visage innocent. Je devais être le marionnettiste de Marie. »


J'avais préféré ne pas répondre car rien ne nous avait été imposé, il avait indiqué un chemin et nous y sommes allés. Sa perversion avait éveillé la mienne et s'il tirait les ficelles, il me semble que je l'avais admis inconsciemment. J'y avais trouvé une certaine plénitude, découvert des désirs enfouis et trouvé beaucoup de plaisir. Je pensai alors que la complicité partagée avec Marie rendait notre amour plus fort, notre couple plus uni.

# XVII

# Marie.

Je n'avais rien dit à Marie de cette soirée, honteux d'avoir été témoins et, par ma passivité, complice d'un viol que je réprouvais totalement car si je ne mettais plus aucune barrière dans l'accomplissement des fantasmes sexuels, je ne pouvais accepter qu'ils fussent réalisés sans le consentement des participants, que cette acceptation soit le fruit d'un partage du fantasme ou du désir de combler celle ou celui que l'on aime. Ce couple a-t-il résisté à cette violence ? J'en doute. Au fond, il faut assumer ses choix d'adultes, ils avaient voulu épicer leur vie sexuelle en voyeurs, mais l'intervention non sollicitée de cette *femme bien*, l'avait transformée en actrice, elle n'avait eu aucune gène à demander que Gwen fut violée, et si la leçon était rude, c'était une leçon.

Je n'ai jamais revu Sam. Quelques jours après cette soirée exceptionnelle, Lilly m'appela pour me dire qu'il avait été hospitalisé de nouveau. Je tardai à lui rendre visite et la nouvelle de sa mort me surprit à peine.

On dit qu'il avait lui même arraché le lien d'oxygène qui le gardait vivant, on dit aussi qu'on l'y avait aidé. De cela je ne parlais à personne. Je fus ému par le kaddish, trace invisible d'une culture disparue, Sam fut enterré dans un coin retiré du cimetière réservé aux Juifs venus mourir dans cette terre chrétienne.

Marie n'était pas venue à l'enterrement. Elle avait son travail et les caractères hébraïques du faire-part en yddish lui avaient d'une certaine façon fait comprendre que sa présence n'était pas nécessaire.

Je revis une fois Lilly ou plutôt je la croisai sur un trottoir, elle évita de me reconnaître. Elle était enceinte, Sam était mort depuis plus de six mois et je me demande encore s'il était le père de l'enfant à naître.

La disparition de Sam n'affecta guère Marie, et elle ne fut pas longue à me demander de renouveler nos soirées d'amour multiple. J'avais fait le plein d'images qui avaient dans un premier temps comblé mes désirs, puis qui les avaient par trop dépassés.

Elle prît l'initiative de faire revenir L., le grand Noir qui l'avait si complètement aimé la première fois, je me prêtai au jeu, mais je découvris, alors que nous lui faisions tous deux l'amour que je n'y trouvais plus de plaisir. Elle voulu participer de nouveau à des soirées, toujours où nous étions allés ensemble la première fois. Maintenant, elle se montrait sur la scène, aimée par deux, trois et jusqu'à six hommes à la fois. Je ne participais plus au jeu, je devenais un spectateur distant et elle me devenait lentement étrangère. Peu à peu je compris que je ne l'aimais plus. Il ne restait rien à mes yeux de la jeune femme sage et vierge que j'avais connue et si j'avais voulu nos premières perversions, si l'on peut dire, comme un piment, poussé par le besoin de plaisirs plus subtils, plus forts, si j'avais pensé que cela nous rendrait complices et plus intimement liés l'un à l'autre, j'avais eu tord. Le marionnettiste avait atteint son but.

Il lui arriva de ne pas rentrer le soir, puis elle se mit à s'absenter du vendredi soir au dimanche, rentrant fatiguée et peu loquace, je ne participais plus à ses jeux, elle ne me le demandait plus. Au début de ces fugues, ma jalousie me conduisait à la baiser dès son retour, sans poser de questions, je baisais alors un corps inerte, repu, qui se donnait dans l'indifférence d'une forme de devoir, puis la jalousie disparue, j'en vins à ne plus la désirer.

J'avais remis depuis des mois un temps sabbatique que je devais passer à Canberra, je déposai mon projet à l'université et je parti pour l'Australie. Quelques semaines après mon arrivée chez les kangourous, elle m'écrivit une lettre gentille dans laquelle elle me disait son désir de divorcer, constatant le cours divergeant qu'avaient pris nos vies. Marié en France, le divorce prit quelque temps. Seul, je me réfugiai dans le travail, sans souffrance, avec un sentiment de liberté qui me surprit.

Et puis je rencontrai N.

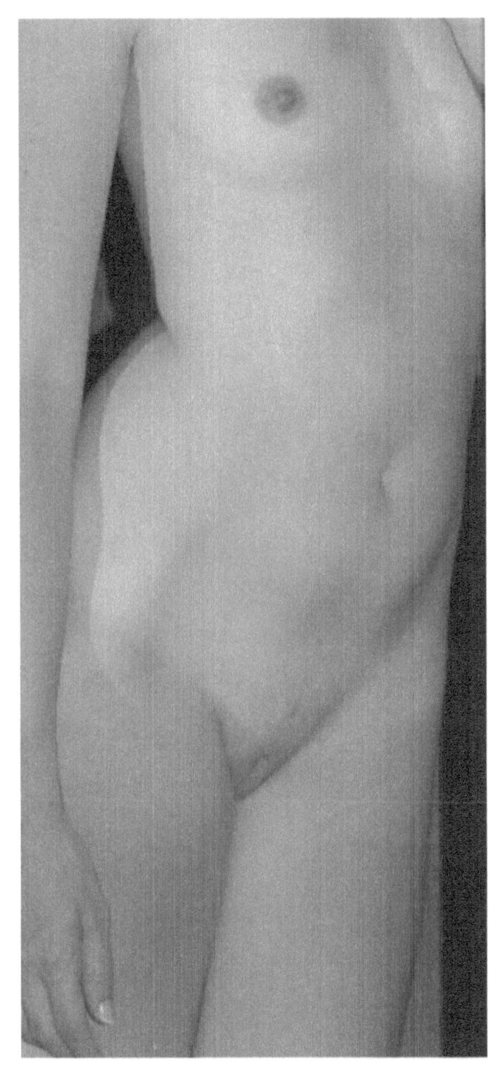

N.

www.ingramcontent.com/pod-product-compliance
Lightning Source LLC
Chambersburg PA
CBHW031050160726
47991CB00005B/2092